Thomas Brezina

Stella Stellaria
und das Magische Turnier

Thomas Brezina

Stella Stellaria und das Magische Turnier

Das zweite Abenteuer,
in dem Pina und Alina in das verzauberte
Königreich Amarina zurückkehren

Ravensburger Buchverlag

Bibliografische Information Der Deutschen Bibliothek

Die Deutsche Bibliothek verzeichnet diese Publikation in der Deutschen Nationalbibliografie; detaillierte bibliografische Daten sind im Internet über **http://dnb.ddb.de** abrufbar.

1 2 3 4 11 10 09 08

Umschlagillustration: Olivia Ogle
Innenillustrationen: Julia Reygers

Printed in Germany

ISBN 978-3-473-47251-2

www.ravensburger.de
www.thomasbrezina.com

Was in diesem Buch passiert:

Das erste Kapitel

... in dem es endlich ein Wiedersehen zwischen Pina, Alina und Stella Stellaria gibt und jemand einen verbotenen Ritt unternimmt ...

Pina hüpfte auf der Rückbank des Wagens auf und ab. Ihre Zwillingsschwester Alina spielte mit ihren kleinen, frech vom Kopf abstehenden Zöpfchen.

Frau Königsberg beobachtete ihre Töchter im Rückspiegel und schmunzelte. „Alina, wenn du deine Zöpfe so verbiegst, sehen sie aus wie Antennen eines Marsmännchens."

Als Pina lachte, nahm Alina schnell die Hände herunter und schob sie unter ihre Beine.

„Und du, Pina, hast du Sprungfedern im Hinterteil? Oder beißt dich ein Floh?", fragte ihre Mutter.

„Ich will endlich zu Stella Stellaria", erklärte Pina. „Wir sind schon fünf Tage nicht geritten."

„Es hat auch fünf Tage geregnet. Und da es auf dem Ponyhof keine Reithalle gibt …“ Frau Königsberg bog auf den holprigen Weg ein und fuhr durch das offene Tor. Kaum war der Wagen stehen geblieben, sprang Pina schon heraus. Alina folgte ihr.

„Langsam, langsam!“, rief ihnen ihre Mutter hinterher.

Das Ziel der Zwillingsschwestern war der Stall. In der vierten Box stand ihr Pony, das sofort den Kopf hob, als es die Stimmen der Mädchen hörte. Die Taschen von Pinas Jacke waren ausgebeult, weil sie kleine Äpfel aus dem Garten eingesteckt hatte. Alina hatte in ihrer Umhängetasche zwei Karotten und einen Keks mitgebracht.

Stella Stellaria war ein heller Shetie mit golden schimmerndem Fell. Um ihr linkes Auge hatte sie einen braunen Fleck, der aussah wie ein Stern.

„Wir haben dich schon so vermisst!“, sagte Alina. Sie drückte ihr Gesicht in die rotblonde Mähne des Ponys.

„Ich euch auch“, flüsterte eine Stimme.

Das Pony nahm einen Apfel von Pinas Hand und zerbiss ihn krachend.

„Draußen ist alles noch matschig vom Regen“, meinte Alina. „Hoffentlich dürfen wir trotzdem ausreiten.“

Die Stimme raunte kauend: „Wir müssen unbedingt in den Wald. Ihr werdet in Amarina gebraucht."

Auf einmal wurde die Stimme zu einem Wiehern. Pina und Alina drehten sich erschrocken zur Tür um. Herr Jonasson, der Besitzer des Ponyhofes, kam breitbeinig in Gummistiefeln hereingestapft.

Ob er etwas gehört hatte?

Schützend stellten sich die Zwillinge vor das Pony.

„Ihr zwei könnt gleich mit dem Training beginnen", polterte Herr Jonasson los. „Die anderen Mädchen kommen später. Strengt euch an, damit ihr beim Turnier nicht Letzte werdet."

„Turnier?", fragte Pina. „Was für ein Turnier?"

Alina stieß sie mit dem Ellbogen. „Das Ponyturnier am nächsten Sonntag. Du weißt doch … "

Pina nickte. Das hatte sie völlig vergessen!

Herr Jonasson ließ die Hosenträger schnalzen, die sich straff über seinen runden Bauch spannten. „Die Hindernisse sind aufgestellt. Ich hoffe, euer Pony macht davor nicht kehrt. Sieht nicht sonderlich sportlich aus, verglichen mit den anderen Sheties in meinem Stall."

Hinter den Rücken der Zwillinge tönte es ganz leise, weil es nur für ihre Ohren bestimmt war: „Soll der Dickwanst doch selbst über seine Hürden springen. Mal sehen, wie sportlich *er* ist!"

Alina und Pina grinsten in sich hinein.

„Und gebt dem Pony nicht so viel zu fressen. Es ist zu dick!“, sagte Herr Jonasson.

„Friss lieber selbst weniger!“, brummte die Stimme beleidigt.

Der Ponyhofbesitzer sog schnaufend die Luft ein. Sein mächtiger Walrossschnauzbart sträubte sich.

„Was habt ihr gerade gesagt?“, fragte er, die Hände in die Seite gestemmt.

Hinter ihm betrat Frau Königsberg den Stall. Herr Jonasson drehte sich zu ihr um und schimpfte los. „Ihre Töchter sind frech.“

Die Mutter der Zwillinge lächelte ihn an. „Das kann ich mir nicht vorstellen.“

„Er sagt, Stella sei dick“, erzählte Pina aufgeregt.

Frau Königsberg spitzte die Lippen und blickte lange auf den Kugelbauch von Herrn Jonasson. Mit hochrotem Kopf zog dieser den Bauch ein. „Ich ... ich habe Wichtiges zu tun“, brummte er beleidigt und stapfte schnell davon.

Stella Stellaria wieherte vor Vergnügen.

„Mädchen, ihr bleibt heute bitte nur auf dem Übungsplatz“, sagte Frau Königsberg. „Die Wiesen sind zu nass und zu rutschig.“

Pina wollte schon erklären, dass sie unbedingt ausreiten mussten, aber Alina trat ihr auf die Zehen.

„Ich muss zu Papa in die Kanzlei fahren. In zwei Stunden hole ich euch wieder ab!“

Pinas und Alinas Vater war Anwalt und ihre Mutter half ihm manchmal bei der Büroarbeit.

„Bis dann, Mama!“, rief Pina und winkte.

Nachdem sie fort war, steckte Stella den Kopf zwischen den Mädchen durch. Sie blickte zu ihnen hoch und sagte: „Wir müssen sofort los. Aufsitzen!“

Weder Pina noch Alina wunderte es im Geringsten, dass ihr Pony sprechen konnte. Es war nicht das einzige Geheimnis, das die drei miteinander teilten.

Die Mädchen ließen das Pony aus der Box und stiegen auf. Sattel oder Zaumzeug waren nicht nötig. Stella mochte keinen Sattel, weil er sie drückte. Alina, die vorne saß, hielt sich an der Mähne fest, Pina legte die Arme um ihre Schwester.

Zwischen den grauen Wolken blitzte kurz die Sonne durch, als die drei den Stall verließen. Den Trainingsplatz ließen sie hinter sich. Stella bog auf einen schmalen Pfad ein, der zum nahen Wald führte.

Herr Jonasson hatte sich zur Beruhigung ein Wurstbrot aus der Küche geholt. Als er ins Freie trat, sah er das Pony mit den Mädchen zwischen den Bäumen verschwinden. „Na wartet, das erzähle ich eurer Mutter“, knurrte er. „Sie soll erfahren, was für Früchtchen diese zwei Unschuldsengel wirklich sind.“

Das zweite Kapitel

*... in dem es auf nach Amarina geht,
wo große Aufregung herrscht, die mit Pina und
Alina und ihrem Geheimnis zu tun hat ...*

Pina und Alina wussten, wohin Stella Stellaria sie brachte. Sie war unterwegs zu einer uralten Eiche.

„Wenn der dunkle Stern um mein Auge juckt, so ist das ein Zeichen, dass wir in Amarina gebraucht werden!“, erklärte Stella, während sie zwischen den Bäumen dahingaloppierte. „Das Jucken hat bereits vor drei Tagen eingesetzt. Ich konnte es kaum erwarten, bis ihr endlich wieder kommt.“

„Mama hat uns nicht erlaubt, zum Ponyhof zu gehen!“, entschuldigte sich Alina.

„War aber auch wirklich ein Sauwetter!“, meinte Pina, die immer sehr direkt war.

Alina streichelte Stella liebevoll die Wange und den

sternförmigen schokoladebraunen Fleck rund um ihr Auge.

„Hast du eine Idee, was geschehen sein könnte?“, wollte Pina wissen.

Stella wieherte kopfschüttelnd. Unter ihren Hufen quatschte der Boden. Ihre Beine waren braun vom Schlamm, ihr Bauch, Pinas Hose und Alinas Ringelstrümpfe waren mit Schmutz bespritzt.

Aus der weit ausladenden Laubkrone der Eiche tropfte noch das Wasser. In den aufgeweichten Mooskissen darunter versank Pina bis zum Knöchel. Die Wurzeln der Eiche ragten wie die Arme eines Tintenfischs aus dem Boden. Pina suchte die größte Wurzel und zählte im Uhrzeigersinn bis zur sechsten. In einer kleinen Höhle darunter, einem verlassenen Kaninchenbau, lag ein Säckchen aus Samt, das mit einer goldenen Kordel zugeschnürt war. Zu Pinas großem Erstaunen war das Säckchen trotz des tagelangen Regens trocken.

Stella Stellaria hatte Pina ruhig zugesehen. Nachdem das Mädchen wieder aufgestiegen war, setzte das Pony den Weg fort bis zu einer Lichtung, um die sieben Birken standen.

„Lass mich machen!“, bat Alina. Pina öffnete das Säckchen und ließ sieben funkelnde Edelsteine in die Hände ihrer Schwester gleiten. Die geschliffenen

Steine hatten die Farben des Regenbogens: Violett, Blau, Grün, Gelb, Orange und Rot. Der siebente Stein aber war klar wie ein Tautropfen.

„Wieso sind die Edelsteine und das Säckchen nicht nass geworden, obwohl sie in der feuchten Erde gelegen haben?“, fragte Pina.

Stella tänzelte ungeduldig. „Das ist doch leicht zu erraten.“

Alina nickte. „Es hängt bestimmt mit der Zauberkraft zusammen, die in den Steinen steckt.“

Stella Stellaria wieherte und deutete mit der rosafarbenen Schnauze zum Himmel. Alina holte aus und warf die Steine in die Luft. Wie kleine bunte Vögel stoben sie auseinander und bildeten über ihnen ein Siebeneck. Es begann sich zu drehen – erst langsam, dann immer schneller und schneller. Funken in allen Farben sprühten und regneten auf das Pony und die Mädchen herab.

Stella Stellaria stellte sich auf die Hinterbeine. Alina krallte sich noch fester in ihre Mähne, Pina schlang ihre Arme noch enger um Alina. Ganz geheuer war ihnen immer noch nicht, was in diesem Augenblick geschah, obwohl sie es nicht zum ersten Mal erlebten.

Nur auf den Hinterbeinen stehend, wirbelte Stella Stellaria herum wie eine Primaballerina auf der Bühne.

Die glitzernde und strahlende Wolke um das Pony und die Zwillinge leuchtete so hell, dass die Mädchen nur noch zwischen den Wimpern hindurchspähen konnten. Rund um sie klimperte und klingelte es. In der Luft lag ein süßer Geruch.

Sie hörten einen Chor von glockenreinen Stimmen. Er steigerte sich zu einem Brausen und Dröhnen. Ein scharfer Wind pfiff ihnen ins Gesicht und um die Köpfe. Er ließ Pinas offene Haare wirbeln und wehen.

Der schlimmste Moment kam noch. Pina und Alina hatten ein Gefühl, als würden sie von Stellas Rücken gerissen und vom Sturmwind fortgetragen werden. Beide schrien auf.

Durch Stella Stellarias Körper ging ein heftiger Ruck, als wäre sie auf etwas Hartes gesprungen. Lärm und Geklingel waren verstummt. Nur noch eine linde Brise umwehte die drei.

Von allein glitten die Kristalle in das Säckchen zurück. Die Kordel zog sich zu und wand sich zu einer Schleife.

„Wir sind da! Willkommen in Amarina!“, verkündete Stella Stellaria. „Und wir sind sauber!“, fügte sie lächelnd hinzu.

Pina und Alina sahen an sich herab. Tatsächlich. Der magische Wind hatte die Schlammspritzer an ihren Beinen weggeweht!

Es war nicht der erste Besuch der beiden Mädchen in dem zauberhaften Land. Sie waren schon einige Male hier gewesen und hatten bereits ein großes Abenteuer erlebt.

Das Pony stand mit seinen beiden Reiterinnen auf der höchsten Stelle eines lang gestreckten Hügels. Zu ihrer Linken führte ein gewundener Pfad einen steilen Berg hinauf, auf dessen Spitze sich ein weißes Schloss erhob. Seine Mauern schimmerten wie das Innere einer Muschel, die Dachschindeln glänzten blitzblau im Licht der Nachmittagssonne. Unter den weißen Mauern fielen die schroffen Felsen senkrecht in die Tiefe eines weiten Tales.

Im Tal eingebettet lag ein Städtchen mit vielen kleinen Häusern, deren Dächer sich aneinanderzudrängen schienen. Aus einigen Schornsteinen stiegen gekräuselte Rauchfahnen. Die Felder rundherum waren von einem hellen Grün überzogen. Auf einem Weiher schwammen weiße Punkte – wahrscheinlich Gänse.

Auf einer Erhebung am anderen Ende des Tales ragte eine düstere Festung auf. Sie bestand aus einer großen, bedrohlich aussehenden Kuppel, aus der rechts und links zwei dunkle, fensterlose Türme aufragten. Das gab ihr das Aussehen eines Stierschädels mit Hörnern.

Aus dem Tal kam eine kleine Gruppe von Leuten

den Berg herauf. Allen voran stapfte ein großer Mann, der so hoch und breit war wie ein Schrank. In den Händen hielt er einen schweren Eisenhammer.

„Er muss uns empfangen!“, polterte er.

Hinter ihm gingen zwei Frauen. Sie hatten die langen Röcke gerafft und stimmten ihm energisch zu. „Es ist doch wirklich unerklärlich, wieso wir ihn so lange nicht gesehen haben. Dabei hatten er und seine Frau immer ein offenes Ohr für uns. Immer.“

„Aber wir müssen auch zugeben, dass es uns jetzt erst aufgefallen ist“, antwortete der Mann nachdenklich. „Mir ist, als hätten wir die ganze Zeit geschlafen. Vielleicht hat uns die Sonne gefehlt.“

Ein zweiter Mann in einem altmodischen dunklen Anzug mit langer Jacke und einem zerdrückten Zylinderhut mischte sich ein. „Trotzdem: Meinen Aufzeichnungen nach stimmt oben im Schloss etwas nicht.“

Neben dem Mann mit dem Zylinder lief ein rothaariger Bursche mit abstehenden Ohren. Er hatte Mühe Schritt zu halten, denn er schleppte ein dickes, schweres Buch. Im Gehen blätterte er darin.

„Vor ziemlich genau zehn Jahren war das Geburtstagsfest der kleinen Prinzessinnen. Sie sind damals ein Jahr alt geworden.“

Die Frauen bestürmten den Mann. „Was meinen Sie mit ‚nicht stimmen‘, Herr Bürgermeister?“

Der Hammer klatschte in die riesige Hand des Anführers. „Würde mich auch interessieren."

Der Bürgermeister zuckte zusammen, als hätte er den Hammer zu spüren bekommen. „Schmerzt Sie das nicht, bester Antonio?", fragte er mit tiefen Sorgenfalten auf der Stirn.

„Kein bisschen. Aber ich bin ja auch Schmied!" Zum Beweis warf er den Hammer in die Luft und fing ihn auf wie einen Ball.

Mit einem Schaudern wandte sich der Bürgermeister ab und wieder den Frauen zu. „Teuerste Konstanza, werte Emilia, erinnert euch zurück an das Geburtstagsfest der Prinzessinnen!"

Konstanza nickte heftig. „Ich durfte dafür tausend Brezen backen. Das weiß ich noch genau."

„Ich habe die weißen Kleidchen für die Prinzessinnen genäht!" Emilia lächelte beim Gedanken daran selig vor sich hin.

Stella Stellaria wich zurück hinter einen Busch mit kleinen dunklen Blättern. Pina und Alina wussten, worüber die Leute redeten. Sie mussten Bewohner der kleinen Stadt unterhalb des Schlosses sein.

Die Prinzessinnen waren nämlich Pina und Alina. An ihrem ersten Geburtstag hatte der König ein großes Fest in und vor dem Schloss veranstaltet. Alle Bewohner des Landes waren als Gäste geladen gewesen.

Zwei bösartige Magier hatten es an diesem Tag geschafft, sich unter das Volk zu mischen und sich in das Königsschloss einzuschleichen. Ihre Namen waren Nissana Nocturnia und Timor Tristus. Sie hatten einen Fluch über die Familie gelegt. Der König und die Königin verschwanden für immer aus dem Land. Ihre kleinen Zwillingsmädchen dazu.

Auch die übrigen Bewohner des Schlosses waren von dem bösen Zauber getroffen worden. Die Hexer hatten sie in Tiere verwandelt.

Dann hatten die Magier grauen, nasskalten Nebel über dem Land ausgebreitet. Er löste tiefe Traurigkeit unter allen Bewohnern aus. Sie waren mit hängenden Köpfen vom Fest weggeschlichen. Die Katastrophe, die sich im Schloss abgespielt hatte, war unbemerkt geblieben.

Stella Stellaria war die Hofmagierin von Pinas und Alinas Eltern gewesen. Viele Jahre lang hatte sie verzweifelt nach den Zwillingen gesucht, bis sie die beiden endlich gefunden hatte. Sie hatte es schlau angestellt und war vor ein paar Wochen zum Geburtstagsgeschenk für die Zwillinge geworden, die sich schon lange ein eigenes Pony gewünscht hatten.

Herr und Frau Königsberg erinnerten sich nicht an ihr Leben in Amarina. Ihr Erinnerungen waren durch den Fluch ausgelöscht worden.

Die Zwillingsschwestern aber hatten von Stella erfahren, wer sie wirklich waren. Das Pony hatte sie nach Amarina gebracht, wo sie vom verzauberten Hofstaat begeistert begrüßt worden waren. Alle hofften sehr, dass es den beiden Mädchen gelingen würde, den schrecklichen Bann von ihnen zu nehmen.

Das Ziel von Nissana Nocturnia und Timor Tristus war es, Amarina in ewiger Dunkelheit versinken zu lassen. Dazu wollten sie den riesigen Kristall zerstören, der unter dem Schloss in einer Höhle versteckt war. Doch Pina und Alina hatten es zusammen mit Stella geschafft, ihn zu retten. Sie hatten ihn vom Staub und Schmutz befreit, der sich seit dem Verschwinden ihrer Eltern auf dem Kristall angesammelt hatte. Daraufhin hatten sich die düsteren Wolken über Amarina zum ersten Mal seit vielen Jahren wieder gelichtet. Die Sonne konnte auf das Land scheinen und den grauen Nebel der Traurigkeit vertreiben.

Alina beugte sich zu Stella Stellarias Ohr und flüsterte: „Ich glaube, diese Leute wollen zum König ins Schloss."

Stella scharrte unruhig mit dem Huf. Die Bewohner des Landes wussten ja noch immer nicht, dass es keinen König mehr gab.

„Warum sind sie so aufgeregt?", fragte Pina leise.

Das dritte Kapitel

... in dem berichtet wird, dass es unter der kleinen Stadt rumort, dass etwas Schwarzes bis zum Himmel wachsen will und warum die Schlossbewohner Hochzeitsschleier brauchen ...

Die kleine Gruppe erreichte die Stelle, an der Stella und die Mädchen sich hinter dem Busch versteckt hatten. Heftig keuchend ließ sich der Bürgermeister auf einem bemoosten Stein nieder. Auch die anderen brauchten eine kleine Rast.

Der Bürgermeister deutete auf den rothaarigen Burschen. „Jakob, mein Schreiber, hat in der Stadtchronik etwas Seltsames entdeckt."

Geschäftig blätterte Jakob in dem dicken Buch. „Ich habe das Geburtstagsfest eingetragen. Dann zehn Jahre lang jedes Jahr nur einen Satz." Er rückte eine verbogene Drahtbrille zurecht und las vor: „Wieder ein schlimmes Jahr, das Wetter grau, wir alle müde."

„Als ob wir zehn Jahre lang geschlafen hätten!“, sagte der Bürgermeister nachdenklich.

Der Schmied deutete mit dem Hammer in Richtung Schloss. „Der König muss uns das erklären.“

Die Schneiderin und die Bäckerin nickten zustimmend.

Konstanza holte aus einer tiefen Tasche ihres Leinenrockes frische Brezeln und verteilte sie. Hinter dem Busch schmatzte Pina hungrig.

„Schmatz nicht, Jakob“, tadelte der Bürgermeister den Schreiber.

„War ich nicht!“, verteidigte der sich.

Während alle aßen, sagte Emilia: „Was mich beunruhigt, ist dieses Rumoren unter unseren Häusern. Hört ihr es auch manchmal?“

Die Bäckerin nickte heftig.

„Mir macht dieses schwarze Unkraut Sorgen!“ Der Schmied schwang den Hammer. „Überall wächst es aus dem Boden. In meiner Werkstatt, in meinem Hof, in meiner Küche, sogar neben meinem Bett.“ Er drosch mit dem Hammer auf den Boden. Alle zuckten erschrocken zusammen.

Hinter dem Gebüsch machte Stella Stellaria einen kleinen Sprung, der Alina fast von ihrem Rücken rutschen ließ.

Tadelnd schwang der Bürgermeister den erhobenen

Zeigefinger. Der Schmied fuhr unbeeindruckt fort. „Das ist das Einzige, was hilft. Jeden schwarzen Spross zurück in die Erde schlagen."

Die Brezeln waren gegessen, und sie setzten den Marsch zum Schloss fort.

„Wir müssen etwas tun!", sagte Pina. „Sie dürfen nicht erfahren, dass Papa und Mama gar nicht in Amarina sind."

Stella schnaubte zustimmend. „Und dass die Wächter Hunde sind und der Koch in ein Schwein verwandelt wurde."

Alina sah hinüber zu der unheimlichen Festung. „Glaubt ihr, haben die beiden dort drüben etwas mit den lästigen schwarzen Pflanzen und dem Rumoren zu tun?"

Stella Stellaria wieherte leise. Sie konnte sich das gut vorstellen.

Die Besucher aus der Stadt waren noch ein Stück von der Zugbrücke des Schlosses entfernt.

„Können *wir* nicht mit ihnen sprechen?", schlug Pina vor. „Wir sind doch die Prinzessinnen."

Alina stimmte begeistert zu. „Wir können behaupten, unsere Eltern seien verreist."

Auch Stella Stellaria gefiel die Idee. „Ich bin schneller als die Menschen. Duckt euch, wenn ich an ihnen vorbeisprenge."

„Was hast du vor?“, wollten die Zwillinge wissen.

Es war keine Zeit für eine Erklärung. „Haltet euch gut fest, das wird der wildeste Ritt eures Lebens“, warnte das Pony.

Die Mädchen beugten sich nach vorn. Stella Stellaria galoppierte los. Mit großen Sprüngen jagte sie den Berg hinauf.

„He, da!“, rief der Schmied, als sie die Gruppe überholten.

Die Zwillinge duckten sich und verbargen die Gesichter in Stellas wehender Mähne. Funken sprühten unter den Hufeisen des Ponys, wenn es auf Steine trat. Sicher trug Stella die Mädchen bis zu der tiefen Schlucht, die den Fels umgab, auf dem das Schloss errichtet war. Feinde konnten nicht eindringen, wenn die Zugbrücke hochgezogen war.

Der Wächter, ein Schäferhund mit einem Dreispitz auf dem Kopf, hatte Stella Stellaria schon durch die kleine Luke neben dem Tor erspäht. Mit seinem Helfer, dem unerschrockenen Terrier Timmi, drehte er an einer mächtigen Eisenkurbel. Unter lautem Gerassel wurde die Zugbrücke an dicken Ketten heruntergelassen. Ein breiter Steg verband nun die Bergkuppe mit dem Schlosseingang.

Stella sprengte darüber. Ihre Hufe klapperten laut auf dem Holz.

In der Halle des Schlosses wurden Türen aufgerissen. Von allen Seiten eilten die Bewohner herbei.

Der Wächter und sein Helfer drehten die Kurbel in die andere Richtung, hoben die Zugbrücke und schlossen das Tor.

Eine Pute, die so groß wie eine Frau war, flatterte aufgeregt heran. Sie schüttelte ihren Spitzenrock und die weiße Schürze. „Willkommen, meine kleinen Goldstücke. Lasst euch an mein Herz drücken!“, gackerte sie. Madame Amelie war das Kindermädchen von Pina und Alina gewesen, bevor der Fluch die Schlossbewohner verzaubert hatte.

Ein schnaufender Eisbär fächelte sich mit einer Serviette Kühlung zu. Sein Bauch sprengte fast die Knöpfe von dem viel zu engen schwarzen Jackett, das er trug. „Heiße Schokolade? Kuchen? Fruchtsalat? Was darf ich den kleinen Hoheiten bringen?“

Alina drehte wieder ihre Zöpfchen, bis sie aussahen wie Antennen. „Wir brauchen unsere feinen Kleider und Kronen.“

Pina deutete auf eine hohe Tür. „Wir werden uns im Goldenen Saal auf den Thron setzen. Wenn jetzt gleich die Leute aus der Stadt kommen, führt ihr sie zu uns. Aber sie dürfen euch nicht sehen.“

Ein Pfau schritt heran und näselte: „Als Haushofmeister dieses Schlosses muss ich leider mitteilen, dass wir Euren Wunsch nicht erfüllen können. Wir sind nicht unsichtbar."

„Denkt euch etwas aus!", sagte Pina ungeduldig.

Vor dem Schloss wurde es bereits unruhig. „Wächter, lass uns ein!", verlangte der Schmied lautstark. „Wir müssen zum König."

Madame Amelie eilte geschäftig davon. „Prinzessinnen, folgt mir in euer Gemach."

Alina ging los. Pina aber blieb noch stehen. „Wir müssen so tun, als wäre im Schloss alles in Ordnung."

„Unmöglich!" Der Pfau plusterte sich auf.

Alina klatschte in die Hände. „Schleier! Wie bei einer Hochzeit. Das ist es."

Die Tiere blickten einander ratlos an.

Das vierte Kapitel

... in dem eine verschrumpelte Zitrone, Bohnen der Nacht, ein spinnendes Sumpfhuhn und ein Magisches Turnier vorkommen ...

Die Sonne versank als kupferroter Flammenball hinter den Hügeln. Auf der anderen Seite des Tales war der Saum des Firmaments bereits blauschwarz. Die Nacht zog ein.

Wie Meteoriten fielen zwei dunkle Klumpen vom Himmel. Kurz bevor sie auf der Landstraße aufprallten, wuchsen aus dem kleineren Klumpen lange Schwingen. Er entfaltete sich zu einer riesigen Fledermaus. Die Hautflügel zur Seite gestreckt, segelte sie elegant durch die Luft. An zwei langen Riemen zog sie hinter sich den zweiten Klumpen nach, der sich als pechschwarze Kutsche entpuppte. Die Räder wirbelten beim Aufsetzen Staubwolken auf. Mit viel Gequietsche und Geknarre rumpelten sie über die tiefen Schlaglöcher.

Aus dem Inneren der Kutsche drang unterdrücktes Schimpfen.

Von Zeit zu Zeit schlug die Fledermaus kräftig mit den Flügeln, woraufhin die Kutsche jedes Mal einen Satz nach vorne machte.

„Ich werde dich in der tiefsten Höhle einsperren und dort verschimmeln lassen!“, drohte der Fahrgast. „Ich muss verrückt gewesen sein, ausgerechnet dich meine Kutsche ziehen zu lassen, du schwarzer Jammerlappen.“

Die Fledermaus klappte ihre langen spitzen Ohren an den Kopf, um das Geschimpfe nicht zu hören. Unbeirrt setzte sie die Reise fort. Ihr Ziel war die dunkle Burg mit den zwei Türmen.

Im linken Turm stieg gerade eine Schar dunkelgrauer, flatternder Geister auf. Wispernd und zischend kreisten sie um das längliche Gesicht ihrer Herrin: Spitz war ihre Nase, spitz war auch das Kinn. Spitz war sogar der Turm, zu dem sie ihre schwarzen Haare aufgesteckt hatte. Mit der Hand verscheuchte sie die Geisterchen wie lästige Fliegen.

Die kleinen Wesen mit den glühenden Augen und den nadelscharfen Zähnchen stimmten ein hohes Pfeifen an. Sie versammelten sich an einem Ohr ihrer

Herrin, schlüpften hinein und zum anderen wieder heraus.

Mit einem spitzen Aufschrei schoss die Frau aus dem Sessel mit der hohen Lehne und den dicken Armstützen, in dem sie, alle viere schlaff von sich gestreckt, geschlafen hatte.

„Aufhören, ihr quälenden Quallen!“, zeterte sie. „Wollt ihr mich um meinen Schönheitsschlaf bringen?“ Sie schlüpfte in ihre Stöckelschuhe mit den spitzen hohen Absätzen und trippelte vor einen Spiegel. Er war oval und wurde von einer lebendigen Schlange umrahmt. Grimassen schneidend stand sie da, tastete ihre eingefallenen Backen ab und zupfte an den Falten ihres spitzen Kinns.

„Wie ich aussehe! Wie eine verschrumpelte Zitrone!“ Sie drehte sich zu den kleinen Geistern, die noch immer als graue Wolke über dem Sessel in der Luft hingen. „Alles nur eure Schuld.“

Die Schlange züngelte. Zischend verkündete sie: „Sssssssie ssssind eine Sssssönheit, süüüüßßßße Nissana Nocturnia.“

„Lüge, du verlogenes Früchtchen. Ich welke dahin wie ein gallegelbes Gänseblümchen“, jammerte Nocturnia. „Sag mir besser, was heute für eine Nacht ist!“ Sie klappte eine Schatulle auf, kramte einen Lippenstift heraus und malte sich die Lippen violett an.

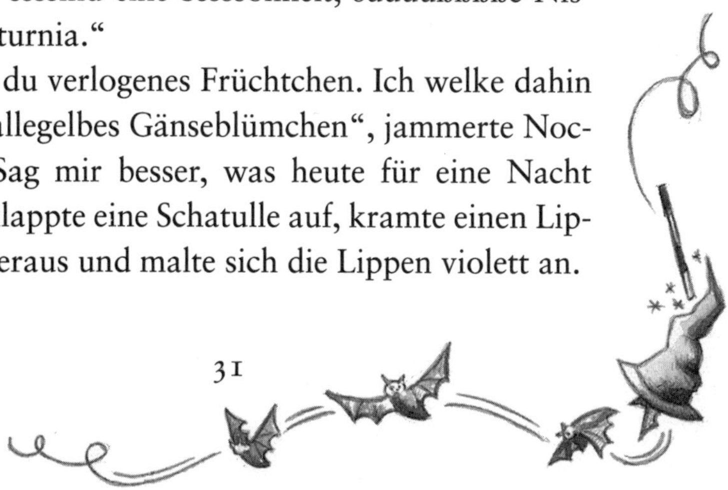

Die Schlange reckte sich vor. „Heute ist die Nacht, in der Sie Besuch erwarten. Der Größte aller Hexenmeister folgt Ihrer Einladung und kommt."

Nissana Nocturnia riss die Augen weit auf. „Das Magische Turnier! Ich muss gewinnen. Ich muss, ich muss, ich muss!"

Die Schlange kroch am Rand des Spiegels entlang. „Wassss isssst dasssss? Diesssessss Magische Turnier?"

Während Nissana ihre Wimpern tuschte, erzählte sie. „Das Turnier muss jedes Jahr abgehalten werden. Das besagen die Gesetze der Zauberwelt. Jeder kann daran teilnehmen und den anderen übertreffen. Wer die höchste Zauberleistung erbringt, gewinnt."

„Interesssssssant!", zischte die Schlange schmeichlerisch.

„Ich nehme dieses Jahr am Turnier teil." Sie rollte die Augen. „Dieser schnarchende Stinkestiefel von Timor Tristus leider auch. Aber sonst keiner." Die Hexe kicherte verschlagen. „Wir haben allen anderen Magiern, die mitmachen wollten, Briefe geschickt, sie seien in diesem Jahr ausgeschlossen. Die Briefe haben ausgesehen, als kämen sie vom Größten Hexenmeister. Waren aber gefälscht. Von uns!" Sie gackerte vor Vergnügen.

Sie nahm eine Puderquaste von einem wackeligen

Schminktisch und staubte sich grünliches Puder ins Gesicht. „Zeno Zerrzahn, der Größte Hexenmeister, vergibt den Preis: den Feuerapfel. Ich habe Zerrzahn eingeladen, um ihm ein bisschen Honig ums Maul zu schmieren!“ Sie schickte ihrem Spiegelbild ein Küsschen. „Ich werde ihn umgurren und umschnurren, damit er ganz bestimmt *mich* gewinnen lässt.“

Schwankend stöckelte sie auf eine Treppe zu, die im Zickzack nach oben führte. Sie klapperte die Stufen hinauf, begleitet von den dunklen Geisterchen. Solange ihre Herrin sie nicht brauchte, klammerten sie sich am liebsten in den tiefen Falten ihres langen Rockes fest.

Der Raum, in dem die Treppe endete, war stockdunkel. Jedes Geräusch hallte. Es roch nach faulen Eiern und modrigen Blumen.

Herrisch klatschte die Hexe in die dürren Hände. „Licht! Feuer, entzündet euch.“

Mit einem kurzen Zischen loderten grüne und violette Flammen aus Schalen an den Wänden. Der flackernde Schein beleuchtete eine Hexenküche mit gemauertem Herd und einem Kessel, der an Ketten von der Decke hing. Auf Tischen türmten sich schmutzige Gläser, Tiegel, halb leere Tuben, verklebte Löffel und abgeschlagene Teller. In bauchigen Kolben blubberten zähflüssige Tränke.

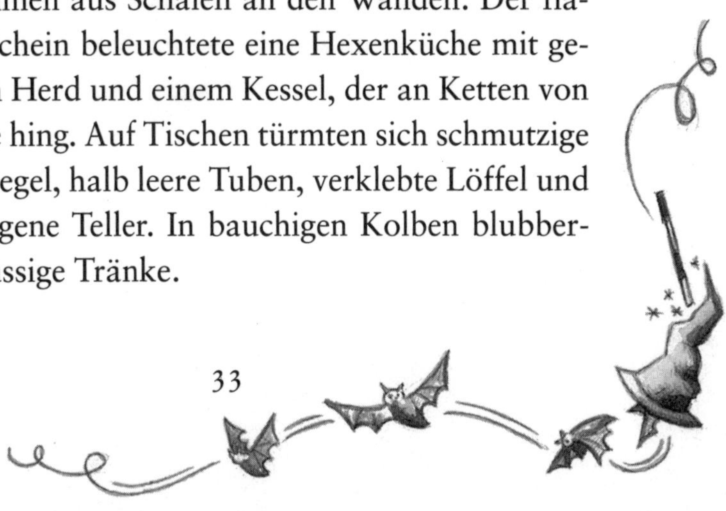

Nocturnia trat im hinteren Teil des Gewölbes vor eine Eisentür. Sie steckte den Finger ins Schloss und drehte ihn wie einen Schlüssel. Es klickte, die Tür ging auf und gab den Zugang frei in ein Glashaus. Die Scheiben waren schmutzig und grau.

„Mal sehen, mal sehen, mal sehen!“, sagte Nissana Nocturnia zu sich selbst. Sie eilte auf einen Blecheimer zu, aus dem eine schwarze Ranke mit großen, zerknitterten Blättern wucherte. Sie hatte sich wie eine Schlange bis zur Decke des Glashauses erhoben und dort in viele dünne Äste geteilt, die sternförmig nach allen Seiten wuchsen. Die Blätter bildeten ein dichtes Dach.

„Nur weiter so“, lobte die Hexe. Sie hatte den Kopf weit in den Nacken gelegt und betrachtete das schwarze Blättergeflecht mit großer Zufriedenheit. „Kein einziger scheußlicher Sonnenstrahl darf mehr durchdringen!“

Auf einem groben Holztisch hatte sie eine lange Reihe von Glasfläschchen aufgestellt. Sie enthielten ölige Flüssigkeiten in giftigen Farben. In Dosen standen verschiedene Pulver bereit. Aus einigen ragten kleine Knochen, andere enthielten Krallen und Haare. Nissana Nocturnia goss einen Schuss aus jeder Flasche in den großen Kessel. Dazu mischte sie mal eine größere, mal eine kleinere Prise der Pulver. Sie verrührte alles energisch mit einem Kochlöffel aus schwarzem Ebenholz.

Neugierig guckten ein paar der bösen Geister über die Tischkante.

„Das ist das Wachstumsmittel für meine Bohnen der Nacht“, erklärte Nissana. „Ich muss es noch verbessern. Die ersten Bohnen, die ich verstreut habe, sind nicht hoch genug gewachsen.“

Der Brei im Kessel war klebrig und von ekeliger gallegelber Farbe. Beim Rühren war die Mischung aufgequollen, sodass sie jetzt den Kessel bis zum Rand füllte. Nissana musste ihn mit beiden Händen halten, als sie ihn zu der Ranke trug. Ihre hohen Absätze ließen sie gefährlich schwanken.

Völlig unerwartet wurde das Hexenlabor von einem Erdbeben erschüttert. Unter dem Turm grollte, tobte und rumorte es. Nissana stieß einen erschrockenen, spitzen Schrei aus, kippte zur Seite, verlor das Gleichgewicht und stürzte.

Die Geisterchen stoben aus dem Rock wie eine Staubwolke. Von der Luft aus mussten sie ansehen, wie sich der Inhalt des Kessels über ihre Herrin ergoss. Er spritzte ihr ins Gesicht, auf die Haare und über das eng geschnürte Mieder.

Nissana Nocturnia kreischte schrill. Sie strampelte mit den Beinen und schüttelte die geballten Fäuste.

„Sie spinnendes Sumpfhuhn!“ Prustend und spuckend setzte sich Nocturnia auf. „Sehen Sie nur, was Sie angerichtet haben, Sie hohler Hasenkopf.“ Mit ihren langen Spinnenfingern begann sie, den klebrigen Brei abzuwischen. Dabei bemerkte sie ein Kribbeln unter ihrer Frisur und an ihren Fingerspitzen. Aber auch die Warze neben ihrer Nase juckte auf einmal ganz scheußlich.

Nissana öffnete den Mund und schrie gellend: „Triiiistuuuuus! Bewegen Sie Ihr niederträchtiges Nilpferdhinterteil auf der Stelle her zu mir. Sonst schicke ich Ihnen meine Geister, auf dass Sie von ihnen gebissen und gestochen werden.“

Die dunklen flatternden Wesen stimmten sofort ein vorfreudiges Gekicher an. Winzige Händchen wurden gerieben.

Ein dreifaches, tiefes Pochen schallte von unten herauf in das Hexenlabor. Jemand verlangte in die Burg eingelassen zu werden. Nissana Nocturnia wusste auch, wer es war.

„Unmöglich kann ich dem Größten Hexenmeister so gegenübertreten“, jammerte sie. Zaubersprüche waren nicht ihre Stärke, weil sie sich die Worte einfach nicht merken konnte. Lieber beschäftigte sie sich mit giftigen Tränken und Pulvern. Diesmal aber musste sie wohl oder übel hexen.

Ungeduldig wurde unten wieder an das Burgtor geklopft.

„Tristus, öffnen Sie, Sie schlapper Schlammgeier!“, keifte die Hexe laut.

Aus der Schublade einer Kommode hatte sie ein zerfledertes Buch gezogen. Viele Seiten rissen ein, so heftig blätterte sie darin. Endlich entdeckte sie einen Spruch, der ihr geeignet erschien. Sie murmelte:

„Flott und plötzlich, aber schnell,
sauber werd ich auf der Stell!“

Ein kalter blauer Blitz explodierte um Nissana Nocturnia. Als sie danach an sich herabsah, waren alle Breiflecken verschwunden.

„Ich bin einfach grässlich gut!“, lobte sie sich gurrend. Nachdem sie wieder in ihre Stöckelschuhe gestiegen war, eilte sie die Zickzacktreppe nach unten.

Im Saal unter der Kuppel warteten bereits Zeno Zerrzahn, der Größte Hexenmeister, und Timor Tristus. Beim Anblick von Nissana zog Zerrzahn die Stirn kraus. Timors große Nasenflügel zitterten. Der Hexenmeister brach in schallendes Lachen aus, Timor Tristus gab ein hämisches Meckern von sich.

Da Timor und der Hexenmeister nicht aufhörten, über sie zu lachen, stöckelte Nissana wütend zurück in ihren Turm und vor den Spiegel. Sogar die Schlange im Rahmen kicherte.

Das Düngemittel für die Bohnen hatte auch bei der Hexe seine Wirkung getan. Ihre Augenbrauen sahen aus wie buschige Raupen, die Wimpern standen vor wie Stacheln. Nissanas Haarturm war zu einem Gebirge gewachsen und die Warze neben ihrer Nase zu einem Knubbel. An ihren Fingerspitzen ringelten sich die Nägel wie Korkenzieher.

Aus dem Kuppelsaal hörte sie Timor Tristus' Stimme: „Der Größte Hexenmeister muss verzeihen, aber meiner Kollegin misslingen so ziemlich alle ihre Hexereien. Aber wenn Er mir bitte in meine Werkstatt folgt. Ich möchte Ihm den Vulkanwurm vorführen. Damit ist mir der Sieg beim Magischen Turnier so gut wie sicher."

Wie ein zorniges Mädchen stampfte Nissana Nocturnia mit dem Fuß auf und kreischte so hoch und laut, dass ihre Geister die Flucht ergriffen.

Das fünfte Kapitel

... das mit viel Chaos beginnt,
gute Ausreden bringt, ins nächste Chaos führt
und in dem ein brennender Apfel Rätsel aufgibt ...

„Öffnet dem Bürgermeister!“, verlangte Jakob. „Er möchte auf der Stelle den König sprechen.“

Bisher hatte sich niemand den Besuchern aus der Stadt gezeigt. Das Fenster des Wächterhauses war geschlossen geblieben.

Emilia spielte mit ihrem Fingerhut. „Vielleicht ist im Schloss ein Unglück geschehen ...“

Da begann sich unter lautem Rasseln und Knarren die blaue Zugbrücke über die Schlucht zu senken. Die beiden Torflügel wurden von innen geöffnet. Die Leute aus der Stadt sahen einander überrascht an.

„Na dann los!“, brummte der Schmied und ging voran.

Hinter den Türflügeln versteckt standen die beiden Hundewächter, die das Tor geöffnet hatten. Nachdem die Gäste eingetreten waren, schlossen sie es behutsam wieder.

Am Ende der weißen Marmorhalle an der hohen Tür wartete Bruno, der Eisbär. Zu erkennen war er nicht. Madame Amelie hatte ihm einen Schleier übergeworfen, der bis zu seinen Tatzen reichte.

„Bitte einzutreten“, brummte Bruno, wie er es auch sonst als Diener immer tat. Er zog die Tür auf, was mit dem Schleier gar nicht so einfach war.

Der Bürgermeister, Jakob, der Schmied Antonio, Konstanza und Emilia blickten in seine Richtung.

„Ein Geist!“, schrie Jakob. Der Schreiber versuchte, sich hinter dem breiten Rücken des Schmieds zu verstecken. Der kräftige Mann aber hatte, was niemand wusste, selbst Angst vor Gespenstern. Zitternd griff er nach der Hand der Bäckerin.

„Wieso immer ich?“, brummte Bruno missmutig. „Wieso muss ich zuerst dieses entsetzlich heiße Fell bekommen und jetzt auch noch für einen Geist gehalten werden? Mir reicht’s!“ Sprach’s und zog sich den Schleier herunter.

Der Anblick des riesigen weißen Bären erschreckte die Besucher aber noch mehr. Alle fünf stießen einen langen Schrei aus.

„Jetzt machen Sie nicht so viel Lärm!“, beschwerte sich Bruno. In seinem tollpatschigen Gang bewegte er sich auf die Leute zu.

„Rettet euch!“, gab der Bürgermeister als Kommando aus.

Das Haupttor aber war verschlossen. Als einziger Fluchtweg stand die Tür zu den Schlosssälen offen. Stoßend und stolpernd stürmten die Gäste voran, durch mehrere Räume hindurch, bis vor ihnen eine goldene Tür aufging, die sie in den langen Thronsaal führte. Ein roter Teppich mit Goldkanten führte zu den beiden Thronsesseln. Sie waren aus Holz geschnitzt und vergoldet. Links saß Alina, rechts Pina, beide in festlichen weißen Kleidern mit blauen Schärpen und kleinen Krönchen im Haar.

Aufgeregt durcheinander rufend, mit Armen und Beinen fuchtelnd, landeten die Leute aus dem Tal vor den Stufen, die zu den Thronsesseln hinaufführten.

Neben dem Podest stand Madame Amelie, ebenfalls verschleiert. „Ich bitte um etwas mehr Haltung und Respekt!“, verlangte sie.

„Gut... guten Tag!“, begrüßte Alina das Knäuel auf dem Teppich.

„Was haben Sie denn für Wünsche?“, erkundigte sich Pina.

Nach und nach kamen Bürgermeister, Schmied,

Stadtschreiber, Bäckerin und Schneiderin wieder auf die Beine. Verlegen strichen sie ihre Kleidung glatt.

„W...wir w...wollen zum König“, stotterte der Bürgermeister.

„Papa und Mama sind verreist!“, platzte Pina heraus.

„Verreist? Wohin?“, fragte der Bürgermeister.

Pina warf Alina einen fragenden Blick zu. Was sollten sie sagen?

Alina holte ein paar Mal Luft. Es fiel ihr nicht leicht zu sprechen, wenn so viele Leute sie anstarrten. Langsam begann sie: „Sie machen eine Weltreise.“

Im Stillen applaudierte Pina ihrer Schwester für diesen Einfall. Eine Weltreise dauerte lange.

„Wozu?“, bohrte der Bürgermeister nach.

Auch darauf hatte Alina eine Antwort. Ihr war nämlich eingefallen, dass ihre Mutter begeistert im Garten arbeitete. „Sie ... suchen neue Früchte und neues Gemüse, um es nach Amarina zu bringen.“

Der rothaarige Jakob deutete aufgeregt mit dem Daumen zum Ende des Goldenen Saals. „Raubtiere im Schloss! Ein Eisbär! Wilde Hunde!“

In der Tür standen Bruno und die Hundewächter. Sie zuckten bedauernd mit den Schultern, um zu zeigen, dass es ihnen leid täte, entdeckt worden zu sein.

Die Bäckerin rief: „Die Hunde haben die Wächter

gefressen. Jetzt tragen sie ihren Hut und ihre Jacke. Und wahrscheinlich hat der Eisbär den König und die Königin auf dem Gewissen!“

„Unsinn!“, knurrte der Schäferhund.

Fieberhaft suchte Pina nach einer Ausrede. Sie sprang vom Thronsessel, lief auf die Tiere zu und führte Bruno an der weißen Tatze in den Saal.

„Sie sind nicht wild. Sie sind völlig zahm. Sie sind aus dem königlichen Zoo. Alles unsere Freunde.“

Zweifelnd drängten sich die Besucher zusammen.

„Die Tiere wollten nicht den ganzen Tag nur herumsitzen und fressen. Deshalb sind sie bei uns im Schloss!“

„Das klingt interessant!“, bemerkte der Bürgermeister vorsichtig.

Eine Zeitlang sagte keiner etwas, dann hob der Schmied die Hand, wie ein Schüler in der Schule. „Wir müssen dem König dringend etwas melden.“

Pina trat neben ihn. „Erzählen Sie es doch uns.“

Der Schmied wirkte neben Pina wie ein Riese. Er sah auf das Mädchen herab und legte seine Stirn zweifelnd in Falten.

Nun mischte sich die Bäckerin ein: „Erzählen wir es den Prinzessinnen. Wenn sie auf dem Thron sitzen dürfen, dann sind sie die Vertreterinnen ihrer Eltern.“

Alina atmete erleichtert auf und nickte.

Abwechselnd berichteten die Besucher nun von den rätselhaften Vorgängen, dem Rumoren unter den Häusern und den schwarzen Bohnenranken, die aus der Erde schossen.

„Wir werden die Königliche Magierin befragen und den Gelehrten, der so viel weiß!", versprachen die Zwillinge.

Damit gaben sich die fünf Besucher zufrieden, bedankten sich und machten sich auf den Heimweg.

Nachdem sie gegangen waren, streckte Pina erschöpft alle viere von sich. „Das ist gerade noch gut gegangen!"

Alina wischte sich die Schweißtropfen von der Stirn. „Wir müssen mit Stella reden. Wo ist sie überhaupt?"

Madame Amelie guckte unter dem Schleier hervor. „In ihrer Zauberstube, Schätzchen. Drei Käuze haben eine Nachricht für sie gebracht." Aufgeregt mit den Flügeln flatternd, gurrte sie noch: „Ich bin ja so stolz auf meine Goldstückchen. Wie gut ihr das vorhin gemacht habt. Lasst euch drücken."

Nachdem sie ihre großen Schwingen um die Mädchen gelegt und sie an sie gedrückt hatte, machten sich die zwei auf die Suche nach Stella Stellaria.

Die Zauberstube lag unten in einem Turm des Schlosses. Der Stern an der Tür hatte dieselbe Form wie der um Stellas Auge. Als die Zwillinge nach der Klinke greifen wollten, verwandelte sich die Tür in goldenes Licht.

„Kommt nur!“, rief Stella von drinnen.

Pina und Alina schlüpften schnell hinein.

„Hier sieht es aus wie in unserem Zimmer daheim“, kicherte Pina.

Alina lachte verlegen. „Bevor Mama kommt und sagt, wir müssen aufräumen.“

Bücher stapelten sich auf dem Boden. Aus einer offenen Truhe quollen zusammengerollte Pergamente. Auf verschieden hohen Tischen standen Kristalle. Der kleinste war nur so groß wie eine Erbse, der größte so schwer, dass die Mädchen ihn sogar zu zweit niemals hätten tragen können.

Auf einem siebeneckigen Tisch lag ein silbernes Stück Papier. Eine Kristallkugel bewegte sich von allein über die langen Zeilen rätselhafter Zeichen. Über der Kugel schwebten Figuren, Bäume und Häuser. Schwarze Wolken brodelten.

Stella Stellaria stand davor. Ihr Kiefer mahlte, als würde sie Hafer kauen. Ohne den Blick von dem Spektakel zu nehmen, sagte sie: „Ich habe einen Brief erhalten. Wer ihn mir geschickt hat, weiß ich nicht. Der Unbekannte schreibt mir einiges über Nissana Nocturnia und Timor Tristus.“

Die Zwillinge stellten sich links und rechts neben Stella und beobachteten die fliegenden Bilder, die an einen Film erinnerten. Unter den Gewitterwolken tanzten die Hexe und der Hexer einen wilden Tanz, der nach Triumph aussah.

„Nocturnia und Tristus meiden das Licht. Es lässt sie schrumpfen. Ein Sonnenstrahl kann sie sogar verbrennen. Die Finsternis aber vergrößert ihre Zauberkraft auf das Hundertfache. Wenn in Amarina nie wieder die Sonne aufgeht, so sind die beiden unbesiegbar und die neuen Herrscher."

Draußen hatte sich die Nacht über das Land gesenkt. Am Morgen aber würde die Sonne wieder scheinen. Daher bestand also keine Gefahr.

Alina fielen die schwarzen Bohnenranken ein, von denen die Besucher aus der Stadt erzählt hatten. Pina berichtete von dem Rumoren im Boden.

„Die beiden könnten damit zu tun haben. Sie hecken schon wieder etwas aus", vermutete Stella nachdenklich. Auf dem Pergament rollte die Kristallkugel weiter herum. „Hier steht noch etwas: Zurzeit findet das Magische Turnier statt. Ein Wettkampf zwischen Hexen, Hexern und Magiern. Tristus und Nocturnia nehmen beide daran teil."

„Was gibt es zu gewinnen?", wollte Pina wissen. „Bei einem Turnier gibt es doch immer einen Preis."

Stella schnaubte erstaunt. In der Luft drehte sich etwas, das aussah wie ein Apfel aus Feuer.

Pina streckte den Finger danach aus, spürte aber nichts. „Was ist das?“, fragte sie.

Doch Stella wusste es auch nicht.

Timmi, der Terrier, kam bellend in die Zauberstube. „Hoheit, Hoheit!“, kläffte er aufgeregt und zog die Mädchen an den Kleidern. „Die Sanduhr ist fast abgelaufen.“

Die Sanduhr stand in der Halle auf einem Regal. Betraten Pina und Alina die Welt von Amarina, so begann der silberne Sand zu rieseln. Bevor das letzte Korn gefallen war, mussten sie mit Stellas Hilfe wieder in ihre eigene Welt zurückgekehrt sein. Sonst würden sie für immer in Amarina bleiben und ihre Eltern niemals wiedersehen.

„Schnell, aufsitzen“, rief Stella den Mädchen zu. Sie schwangen sich auf den Rücken des Ponys und der Ritt begann.

Nachdem die drei das Schloss bereits verlassen hatten, kam Madame Amelie in die Halle gelaufen. In den Flügeln hielt sie Hose, Rock und die Pullis der Zwillinge.

„Meine Goldschätzchen, wartet! Ihr habt etwas vergessen!“, gackerte sie.

Aber es war zu spät.

Das sechste Kapitel

... in dem mehr über Vulkanwürmer und einen Feuerapfel zu erfahren ist und außerdem darüber, was ein Dideldum sein soll ...

Wie lange Tränen hingen die Tropfsteine von der Höhlendecke herab. *Plup, plup, plup* machte es, wenn Wasser von den Spitzen der Steine auf den Boden klatschte. Kalt war es hier und feucht. Timor Tristus fröstelte immer, wenn er einen Fuß hineinsetzte. Allerdings fror er sowieso meistens. Er konnte sich gar nicht erinnern, wann seine Nase einmal nicht gelaufen wäre.

Seine vier Geier, die er als Haustiere hielt, hockten auf Tropfsteinen, die nicht von der Decke hingen, sondern wie Säulen von unten nach oben wuchsen. Die Vögel hatten das Gefieder aufgeplustert und die Köpfe eingezogen.

„Komm Er nur weiter“, näselte Timor Tristus. Er schniefte lautstark. „Mein Meisterstück der Hexenkunst muss an einem Ort stattfinden, der tief unten in der Erde liegt.“

Zeno Zerrzahn zog den schweren violetten Umhang fester um die Schultern. Magische Symbole schienen auf dem Stoff zu glühen. Leider gaben sie keine Wärme ab. Der Hexenmeister spürte eine Gänsehaut über seinen Körper kriechen.

Timor Tristus hatte ihn zuerst in seinen Turm der Festung geführt und dann zu einer Wendeltreppe, die sich nach unten in den Berg schraubte. Dem Hexenmeister war von dem langen Abstieg noch schwindlig.

Befehlend rief der kleine dicke Tristus den Geiern zu: „Schnief, Schnauf, Schluchz und Heul, bringt den gläsernen Käfig.“

Froh, sich bewegen zu können, flatterten die Geier auf. Fliegen konnten sie hier unten nicht. Also watschelten sie auf ihren Krallenfüßen los. Gemeinsam zerrten sie einen durchsichtigen Würfel herbei. Auf den ersten Blick schien er leer zu sein.

„Was wollt Ihr mir zeigen?“, fragte Zeno Zerrzahn ungeduldig. Er hatte Mühe, das Zähneklappern zu unterdrücken.

„Das Ergebnis meiner magischen Zucht!“ Timor Tristus tippte mit dem dicken Zeigefinger ganz unten gegen die Glasscheibe. Im knochigen Gesicht des Hexenmeisters funkelten unter den dünnen Brauen zwei stechende, schwarze Augen. Er musste sich tief hinunterbeugen, um erkennen zu können, was ihm Tristus zeigen wollte: Auf dem Boden des Glaskäfigs ringelten sich winzige braune Würmer. Jeder war gerade so lang und dünn wie ein Streichholz.

„Hehehe", machte Timor stolz. Er hob den Deckel und fischte nach einem Wurm. „Solche Würmer hat es noch nie gegeben, seit gehext wird", verkündete er stolz.

Endlich gelang es ihm, einen Wurm herauszunehmen. Das kleine Tier wand sich wild. Winzige harte Kiefer schnappten bissig.

„Sehe Er selbst, was meine Vulkanwürmer bewirken!" Tristus ließ den Wurm einfach fallen. Lautlos landete er vor den spitzen Schuhen Zerrzahns. Ein heftiges Knirschen und Kratzen ertönte. Wieder musste sich der Hexenmeister bücken. Was er sah, beeindruckte ihn wenig.

Der Wurm fraß sich in die Erde. Schnell war er in einem kleinen Loch verschwunden. Beim Aufrichten spürte Zeno Zerrzahn einen Stich im Rücken. Sein graues Gesicht wurde noch griesgrämiger, als es sowieso schon war.

„Timor Tristus, Sie sind vom Magischen Turnier

ausgeschlossen“, donnerte er los. „Diese Würmer sind ein Witz.“

Schadenfroh kicherte es vom Fuße der Treppe. Nissana Nocturnia hatte sich von der Warze, den Raupenaugenbrauen, den Wimpern und den langen Haaren befreien können und war den beiden Hexern nachgekommen. „Ausgeschlossen! Das geschieht Ihnen recht, Sie stümperhafter Stinkestiefel.“

Tristus bebte. Seine Hängebacken schlenkerten.

„Das Lachen wird ihr im Bauch stecken bleiben, dieser hinterhältigen Hexe. Sie wird dann rund und fett aussehen, als hätte sie eine Kugel verschluckt!“

Um sie zu ärgern, sprach Tristan mit Nissana immer so, als sei sie gar nicht anwesend.

Erschrocken presste die Hexe die Hände auf ihre Leibesmitte, die sie mit einem Gürtel fest zusammengeschnürt hatte. Dick zu sein war für sie eine entsetzliche Vorstellung.

„Mir, mir allein wird es gelingen, die Sonne über Amarina zu verfinstern!“, schwärmte Timor. „Der Wurm frisst sich immer tiefer in die Erde. Dabei wird er fetter und fetter. Schließlich stößt er einen Pups aus, der so gewaltig ist wie eine Explosion. Der Boden zerplatzt. Staub wird bis zum Himmel geschleudert. Eine dicke dunkle Wolke entsteht, die die Sonne verdeckt. Tiefes Schwarz wird sich in Amarina ausbreiten.“ Erschöpft von dieser langen Rede ließ sich Timor Tristus auf den Rücken des Geiers Seufz sinken. Der arme Vogel stieß einen gequälten Seufzer aus. Er schwankte unter dem Gewicht seines Herrchens.

„Das Erdbeben vorhin, das …!“, zeterte Nissana Nocturnia los. Da drang aus der Tiefe ein rumpelndes Geräusch. Die Höhle erzitterte. Ein Tropfstein brach ab, krachte herab und zersplitterte.

Da er fürchtete, die Höhle könnte einstürzen, flüchtete Zeno Zerrzahn über die Wendeltreppe nach oben. Nissana Nocturnia folgte ihm. Schnaufend kam Timor Tristus den beiden hinterher.

„Bald wird es mir gelingen, Würmer zu züchten, deren Pups so stark wie ein Vulkanausbruch ist!“, kündigte er an. „Daher habe ich den magischen Kreaturen auch den Namen ‚Vulkanwurm‘ gegeben.“

Der Größte Hexenmeister runzelte zweifelnd die Stirn.

„Niemals werden Sie das Magische Turnier gewinnen!“, brauste Nissana Nocturnia wütend auf. „*Niemals*!“ Sie deutete auf Timors zerwühltes Bett. Auf dem Kopfkissen lag ein schwarzer Teddybär. „Wer noch mit einem Teddy schläft, ist nur eine schnarchende Schlappnase.“

Schnell schlug Timor Tristus die Bettdecke über den Teddy.

„Der Feuerapfel gehört schon mir. Meine schwarzen Bohnen werden mich zur Siegerin machen." Triumphierend stieß Nissana den Zeigefinger in die Luft. Um Zustimmung heischend sah sie zum Hexenmeister. „Sagen Sie es ihm, sagen Sie diesem fauligen Verlierer, dass ich gewonnen habe. Dazu habe ich Sie nämlich eingeladen. Damit Sie mir heute schon den Feuerapfel geben. Her damit!"

Der Größte Hexenmeister starrte Nissana verärgert an. Energisch strich er sich das dünne graue Haar zurück.

„Dafür hätten sie mich nicht herlocken müssen. Es ist viel zu früh. Erst am Sonntag in einer Woche werde ich die Entscheidung treffen. Leider haben sich bisher nur Sie beide als Teilnehmer zu diesem Wettkampf der Hexen, Hexer und Magier gemeldet. Wer von Ihnen beiden es also schafft, dass die Sonne nicht mehr zu sehen ist, der gewinnt das Turnier. Falls …", er machte eine bedeutungsvolle Pause, „… falls nicht noch ein anderer Magier seine Teilnahme am Turnier anmeldet und ein besseres Zauberstück vorweist."

„Ach was. Die Gewinnerin bin ich. Ich fühle schon den Feuerapfel in meiner Hand."

„So etwas Gefährliches darf niemals in die Hände dieser Person gelangen!", posaunte Tristus.

„Der Feuerapfel kann den stärksten Bann brechen

oder aber einem Zauber die hundertfache Kraft geben", erinnerte Zeno Zerrzahn. Mahnend schwenkte er den Zeigefinger. „So etwas will weise verwendet werden."

„Von mir sicher! Von diesem dummköpfigen Dideldum sicher nicht!", schimpfte Nissana.

„Sie soll mich nicht Dideldum nennen!", tobte Timor Tristus.

„Dideldum, Dideldum, Dideldum!", spottete Nissana.

Der Größte Hexenmeister ging grußlos. Lieber ließ er sich wieder von der Fledermaus in der unbequemen Kutsche in sein Schloss zurückbringen, als sich dieses Gezänk länger anzuhören.

„Ich fordere Sie zu einem Duell der Blitze heraus!", schrie Nissana.

„Sie wird die Verliererin sein!", drohte Timor.

Dann hetzte jeder in seinen Turm.

Das siebte Kapitel

... in dem es um eine erwachsene Petze, eine große Enttäuschung, Verwunderung über Kleider und eine Strafe geht ...

Es war noch immer helllichter Nachmittag, als die Zwillinge auf Stella aus dem nächtlichen Amarina in ihre Welt zurückkehrten.

„Schnell, zurück zum Ponyhof!“, trieb Pina Stella Stellaria an.

Stella trabte los. „Ihr müsst morgen unbedingt wieder mit mir nach Amarina reiten.“

„Ganz sicher!“ versprachen die Mädchen.

Ein milder Wind strich durch den Wald. Alina spürte es als Erste: Ihre Beine fühlten sich so kalt an. Sie blickte an sich herab und erschrak. Noch immer trug sie das weiße Prinzessinnenkleid. Pina auch. Stellas Hufe ließen die matschige Erde aufspritzen und die Röcke der Kleider waren schmutzig und nass. Genauso schmutzig wie Stellas Beine und ihr Bauch.

„Im Stall werden wir dich waschen und striegeln", versprach Pina.

„Aber wie sollen wir das mit den Kleidern erklären?", jammerte Alina.

„Bei der Futterkammer gibt es eine Kiste mit Reitsachen, die Leute vergessen haben. Wir suchen uns dort etwas aus!", schlug ihre Schwester vor. „Wenn Mama fragt, sagen wir einfach, wir seien in den Matsch gestürzt und mussten uns umziehen."

Sehr glaubhaft klang das für Alina nicht. Vor allem würde ihre Mutter sicher nach den schmutzigen Sachen fragen. Ihr Rock, Pinas Hose und die Pullis waren aber noch in Amarina.

Stella Stellaria sprengte um den Trainingsplatz herum, direkt auf den Stall zu. Die Zwillinge stiegen ab und wollten das Pony zu seiner Box führen. Da rief jemand hinter ihnen ihre Namen. Sie drehten sich um und sahen Herrn Jonasson und ihre Mutter.

„Wie ich es Ihnen gesagt habe: Die beiden sind heimlich ausgeritten. Obwohl Sie es verboten hatten!", sagte Herr Jonasson.

Böse funkelte Pina ihn an. Der war ja schlimmer als die schlimmste Petze in ihrer Klasse.

Frau Königsberg schüttelte traurig den Kopf.

„Putzt zuerst euer Pony und dann kommt zum Auto. Ich warte dort auf euch. Wir sprechen uns zu Hause."

Niedergeschlagen nickten die Mädchen. Schnell verschwanden sie mit Stella durch die Stalltür. Sie hörten Herrn Jonasson noch sagen: „Haben Sie die komischen Kleider gesehen? Wo haben Ihre Töchter die denn her?"

Die Antwort konnten sie nicht mehr verstehen. Am meisten tat Pina und Alina leid, ihre Mutter enttäuscht zu haben.

Vor dem Abendessen kamen Herr und Frau Königsberg in das Zimmer von Pina und Alina. Die Mädchen saßen an ihren Schreibtischen über ihre Hefte gebeugt. Alina lernte, was sie in der Schule über das Leben im Mittelalter gehört hatten. Pina mühte sich mit Rechenaufgaben ab.

„Kinder, Papa und ich müssen mit euch sprechen!"

Frau Königsberg setzte sich auf Pinas Bettkante, Herr Königsberg gegenüber auf die von Alinas Bett. Sie klopften neben sich. „Kommt mal her."

Ein wenig zögerlich ließen sich die Mädchen neben ihnen nieder. Alina starrte auf die Spitzen ihrer Hausschuhe. Pina spielte unruhig mit den Fingern.

„Wieso habt ihr das heute Nachmittag getan?", wollte Herr Königsberg wissen.

Pina und Alina sahen einander unsicher an. Was sollten sie nur sagen? Sie wollten nicht lügen. Die Wahrheit aber konnten sie nicht erzählen.

Alina begann leise. „Es hat mit Freunden von uns zu tun. Sie … sie …“

Pina fuhr fort. „Sie brauchen unsere Hilfe.“

Frau Königsberg machte ein zweifelndes Gesicht. „Was für Freunde sollen das sein?“

„Tiere!“ Alina war das gerade eingefallen. Es war die Wahrheit. Die Schlossbewohner waren alle Tiere.

„Und welche Art von Hilfe brauchen diese Tiere?“, forschte Herr Königsberg weiter.

„Wir … wir müssen sie retten!“, kam es ein wenig hilflos von Pina. Sie warf Alina einen verzweifelten Blick zu.

„Es war wirklich wichtig. Wirklich, wirklich, wirklich“, versicherte Alina den Eltern.

Ihre Mutter stand auf und ging zu den schmutzigen Prinzessinnenkleidern, die zum Trocknen über den Armstützen eines kleinen Sofas lagen. Sie nahm die Kleider hoch und besah sie von allen Seiten. Sehr nachdenklich sagte sie: „Irgendwie habe ich das Gefühl, als hätte ich die schon einmal gesehen.“

Pina und Alina horchten auf. Erinnerte sich ihre Mutter vielleicht doch noch an die Zeit in Amarina?

Frau Königsberg legte die Kleider wieder zurück.

„Wahrscheinlich in einem Geschäft. Oder in einem Katalog. Oder im Fernsehen."

„Ich hätte gerne, dass ihr uns die ganze Wahrheit sagt!", verlangte Herr Königsberg.

Aber das konnten die Zwillinge nicht. Traurig schwiegen sie.

Die Eltern sahen die zwei lange an.

„Wenn das so ist, dann müssen wir euch eine Woche lang das Reiten streichen", meinte ihr Vater.

„Nein, Stella Stellaria braucht uns!", riefen die Mädchen.

Ihre Mutter nickte. „Das stimmt. Sie hat durch den Regen lange nur im Stall gestanden."

„Dann eine Woche kein Ausreiten. Nur Reiten auf dem Trainingsplatz!", änderte Herr Königsberg die Strafe um. „Müsst ihr nicht sowieso für das Turnier trainieren?"

„Doch, schon!", sagten die Zwillinge kleinlaut.

Gleichzeitig überlegten die beiden bereits, wie sie es anstellen sollten, doch nach Amarina zu kommen.

Das achte Kapitel

... in dem es heißt:
Vorsicht – ein stechender Stern
und feurige Blitze!

Am nächsten Nachmittag war auf dem Ponyhof einiges los. Das Wetter war warm und die Sonne kam immer wieder hinter kleinen Wolken hervor.

Begleitet von ihrer Mutter gingen Pina und Alina auf den Stall zu. Weil Pinas Lieblingshose und Alinas Lieblingsrock in Amarina geblieben waren, trugen sie beide an diesem Tag ihre Reitsachen.

Aus dem Stall trat ihnen Vera entgegen. Sie führte ihr Pony Domino am Halfter und machte – wie immer – ein wichtiges Gesicht. Ihre Reiterkappe, die Reithose und die Jacke waren – ebenfalls wie immer – makellos.

„Hallo!", grüßten die Zwillinge.

Vera hob lässig die Hand. „Ich habe keine Zeit. Ich muss für das Turnier trainieren. Meine Mutter meint, Domino und ich sind die Favoriten."

Veras Mutter kam vom Trainingsplatz. „Ich habe alles organisiert. Du kannst selbstverständlich eine ganze Stunde trainieren." Als sie die drei Königsbergs bemerkte, nickte sie ihnen zu. „Ach, schönen Nachmittag, Frau Königsberg. Ich habe leider keine Zeit für ein Schwätzchen. Veras Training geht vor, Sie verstehen. Ich will sie als Siegerin beim Turnier sehen."

„Jaja", sagte Frau Königsberg knapp.

„Rechnen Sie sich für Ihre Zwillinge Chancen aus?" Veras Mutter war anzuhören, dass sie Pina und Alina auf Stella Stellaria für Verliererinnen hielt. „Von der Figur her erscheint mir das Pony etwas schwerfällig für ein Turnier, bei dem Wendigkeit und Geschicklichkeit gefragt sind."

„Soso!", sagte Frau Königsberg nur.

Später im Stall lehnte sie an der Box und sah den beiden Mädchen zu, wie sie Stella liebevoll striegelten. Alina kannte ihre Mutter gut. Irgendetwas machte ihr Sorgen.

„Mami, geht es dir gut?", erkundigte sie sich.

Ihre Mutter lächelte. „Natürlich, Liebling." Sie deutete auf Stella. „Und eurem Pony geht es auch gut?"

Unruhig scharrte Stella Stellaria mit dem Huf. „Wir müssen los“, raunte sie den Mädchen zu.

„Wir können nicht mitkommen,“ flüsterte Alina. „Wir bekommen sonst großen Ärger.“

„Mein Augenstern sticht schon richtig. In Amarina geht etwas Schreckliches vor sich. Wir *müssen* hin!“, drängte Stella.

„Aber Mama lässt uns nicht!“, seufzte Pina.

Frau Königsberg musterte die Zwillinge besorgt. „Redet ihr mit dem Pony?“

Die Mädchen sahen einander verlegen an.

Stella warf den Kopf herum. Sie blinzelte heftig und wieherte. Mit den Hinterbeinen schlug sie gegen die Holzwand der Box. Es krachte. Holz splitterte.

„Kinder raus! Schnell heraus!“ Frau Königsberg griff nach den Armen der Zwillinge und zerrte sie aus der Box.

„Stella Stellaria tut uns nichts. Sie ... sie ist nur erschrocken“, sagte Alina. Sie beugte sich über die Tür der Box und kraulte die Stirnfransen des Ponys.

„Der Stern an meinem Auge ... er ... er tut richtig weh“, klagte Stella leise. Gleich darauf wieherte sie erneut vor Schmerz.

„Wir ... wir müssen sie ein bisschen reiten!“, bettelte Pina. „Stella ... Stella braucht Bewegung. Sie hat vielleicht Bauchweh.“

„Nein, das möchte ich nicht!“, entgegnete ihre Mutter bestimmt.

Pina aber tat so, als hätte sie es nicht gehört. Sie ließ Stella Stellaria aus der Box und stieg auf.

„Pina, du bleibst hier!“, sagte Frau Königsberg streng.

Alina wollte zu ihrer Schwester und ebenfalls aufsteigen, aber ihre Mutter hielt sie zurück. Mit einem lauten Wiehern sprengte Stella los, aus dem Stall, über den Hof und zur Wiese. Pina warf einen Blick zurück.

Alina hatte sich losgerissen und rannte ihnen hinterher. Sie wusste genau, wohin Stella mit Pina unterwegs war.

Vor dem Stall lief ihre Mutter hin und her und winkte aufgebracht mit beiden Armen. „Zurück! Kommt sofort zurück!“, rief sie.

Bei der alten Eiche blieb Stella Stellaria zum ersten Mal stehen. Pina holte das Säckchen mit den Kristallen aus dem Kaninchenbau.

„Wir müssen auf Alina warten. Ich will nicht ohne sie nach Amarina!“, sagte Pina.

Unruhig tänzelte Stella herum. Wie von unsichtbaren Wespen gestochen, schüttelte sie immer wieder den Kopf und ächzte so jammervoll, wie Pina es noch nie zuvor gehört hatte.

Endlich tauchte Alina auf. Sie war außer Atem.

„Wir müssen sofort zurück. Mama ist schrecklich wütend."

„Später, zuerst reiten wir nach Amarina!", entschied Pina. Alina wollte etwas einwenden, aber ihre Schwester winkte ab. „Steig auf. Schnell!"

Was blieb Alina also anderes übrig?

Sobald beide auf Stellas Rücken saßen, warf Pina die Kristalle in die Luft.

Nur Sekunden später hatten sie das zauberhafte Königreich erreicht. Die Nacht war dort schon angebrochen. Vom höchsten Punkt des Hügels aus sahen sie sofort, dass einiges nicht stimmte.

Zwischen den Türmen der Festung von Timor und Nissana bildeten Blitze grelle, knisternde Lichtbogen. Sie tauchten das Gemäuer und die Felsen in zuckendes weißes Licht. In gezackten langen Armen breiteten sich die Blitze nach allen Seiten aus. Manche erreichten sogar die kleine Stadt und schlugen in die Dächer der Häuser ein.

„Feuer!", rief Alina.

Flammen loderten aus den Dachstühlen. Rauch stieg auf.

„Gibt es denn keine Feuerwehr?", fragte Alina aufgeregt.

„Feuer-was?" Stella Stellaria hatte davon noch nie

etwas gehört. Sie trat auf den Pfad hinaus, der zum Schloss hinaufführte, und wollte los.

Pina zog heftig an ihrer Mähne. „Nein, in die Stadt. Wir müssen den Leuten helfen!“

„Pina hat Recht. In die Stadt“, rief auch Alina.

Stella Stellaria schüttelte heftig den Kopf. „Das ist zu gefährlich für euch. Im Schloss seid ihr sicher.“ Obwohl die Zwillinge protestierten, galoppierte Stella den Berg hinauf. Pina und Alina mussten sich gut festklammern, um nicht von ihrem Rücken zu rutschen. Erst als Stella vor der Zugbrücke haltmachte, konnten die Schwestern wieder einen Blick hinunter ins Tal werfen.

Die Blitze aus der Festung der Hexer hatten den Turm getroffen, der in der Mitte des Städtchens stand. Er brannte lichterloh wie eine gigantische Kerze.

„Der Turm des Rathauses“, erkannte Stella entsetzt.

„Wir werden dort unten gebraucht. Wir müssen beim Löschen helfen!“, rief Pina. Sie zerrte an Stellas Mähne. „Du musst uns hinunterbringen.“

„Ihr seid die Prinzessinnen, euer Platz ist hier!“, widersprach Stella streng.

Sobald sich die Zugbrücke über die Schlucht gelegt hatte, trabte Stella Stellaria ins Schloss.

Das neunte Kapitel

... in dem eine neue Königin in einem Mantel aus Rattenfell auftaucht, die Flammen immer höher schlagen und Alina eine zündende Idee hat ...

In der Stadt rannten die Menschen verzweifelt durcheinander. Einige schleppten Kleider und Möbel. Sie wollten ihre Habseligkeiten retten, bevor das Feuer ihr Haus erreichte. Andere eilten mit Eimern zum Stadtbrunnen und holten Wasser aus der Tiefe. Viele kamen sich dabei in die Quere, stießen zusammen, schimpften und jammerten. Statt über die Flammen gegossen zu werden, wurde das Wasser verschüttet.

Die Bäckerin deutete zum Schloss. „Sehen die feinen Leute dort oben nicht, dass wir in Not sind?“

Emilia, die noch Nadel, Faden und ein halb fertiges Kleid in den Händen hielt, nickte heftig. „Wir brauchen Hilfe. Aber niemanden kümmert das.“

Der Schmied schleppte auf seinen Schultern ein ganzes Fass voll Wasser. Er hatte es am Gänseweiher vor der Stadt gefüllt. Vor ihm auf dem Boden lag ein kaputter Eimer. Der große, kräftige Mann stolperte über ihn und rutschte aus. Das Fass krachte zu Boden, zerbrach und das Wasser rann aus. Wütend schlug der Schmied mit der Faust in die Pfütze.

„Die ganze Stadt wird abbrennen!", riefen einige Leute verzweifelt.

„Wie können der König und die Königin so lange fortbleiben?", klagten Konstanza und Emilia.

Der Bürgermeister und Jakob schleppten jeder zwei Eimer zum brennenden Rathausturm. Sie schnappten die letzten Worte auf und der Bürgermeister rief: „Wenn uns der König und die Königin im Stich lassen, brauchen wir eben einen neuen König."

Im Kastanienbaum neben dem Rathaus ertönte ein hohes Piepsen und Schrillen. Die Blätter hingen welk herab. Zwischen ihnen tummelten sich dunkelgraue Wesen mit zerzausten Flügeln und spitzen Zähnen. Es waren die bösen Geisterchen von Nissana Nocturnia, die die Flucht aus der Festung ergriffen hatten.

„Ein neuer König! Wir brauchen einen neuen König und eine neue Königin!", stimmte Emilia dem Bürgermeister zu. Andere waren derselben Meinung.

Die Geisterchen hatten alles gehört, was die aufge-

brachten Bewohner sprachen. Bestimmt interessierte ihre Herrin, was die Leute sich wünschten. Als schwarze Wolke flatterten sie auf. Sie vermischten sich mit dem dunklen Qualm der brennenden Häuser, den der Wind direkt zu den Türmen der Hexerburg trug.

Auf der Spitze ihres Turmes stand Nissana Nocturnia, die dürren Finger ausgestreckt.

„Nehmen Sie das, Sie widerlicher Wimmerwurm!“, schimpfte sie. Aus ihren spitzen langen Fingernägeln wuchsen dünne Blitze.

Gegenüber, im anderen Turm, schnaufte Timor Tristus. Er rieb sich die dicken, schwitzenden Hände. Funken sprühten heraus. Als er die Handflächen auseinandernahm, begann dazwischen ein Kugelblitz zu wachsen.

Mit tiefer, grollender Stimme brüllte er: „Ich werde sie in eine stinkende Kröte verwandeln, diese elende Person!“ Er riss die Turmtür auf, die hinaus auf einen kleinen Balkon führte, holte aus und schleuderte die glühende Kugel in Nissanas Richtung.

Gleichzeitig schickte diese ihre Blitze, die sich zu einem gleißenden Strahl vereinigten.

Genau über der Kuppel trafen Kugelblitz und Hexenblitz aufeinander, zerplatzten und sausten zuckend und zischend auf die kleine Stadt nieder.

Die Geister schossen durch ein Loch in der Turmwand der Hexe hinein, flogen zu ihr hinauf, teilten sich in zwei kleine Wolken und wisperten ihr links und rechts ins Ohr.

Nissana Nocturnia quiekte vor Freude. Dann rief sie zu Tristus hinüber: „Hören Sie auf, Sie fieser Funkenspucker. Ich habe grässlich gute Neuigkeiten."

Sie trafen einander unter der großen Kuppel. Nissana rauchten noch immer die Finger, Timor klatschte mehrmals in die Hände und ließ zum Spaß kleine Kugelblitze vor sich in der Luft platzen.

„Was will sie mir sagen, diese schreckliche Person?", fragte er und gähnte absichtlich laut.

„Hexen Sie sich eine Krone und einen hübschen Königsmantel!", riet ihm Nissana. „Damit Sie zu mir passen." Sie schwang die Arme auf und nieder. Dazu murmelte sie einen der wenigen Zaubersprüche, die sie sich hatte merken können, und sagte laut vor sich hin, was sie erscheinen lassen wollte. Nissana dachte an das Kleid einer Königin, genäht aus den Fellen weißer Ratten und besetzt mit den dicken Gespinsten der größten Spinnen der Erde, und an eine Krone aus den Krallen schwarzer Katzen und den getrockneten Augen von Klapperschlangen als Edelsteinen.

Timor Tristus kratzte sich mit beiden Händen den runden Bauch. „Volltreffer!", brummte er. „Meine

Kugelblitze müssen diese Person auf dem Kopf getroffen haben. Sie ist verrückt geworden."

Nocturnia rollte die Augen. „Was sind Sie doch für ein schneckenschleimiger Schnarchsack. Sie und ich werden König und Königin von Amarina. Schon bald fahren wir in einer Kutsche in die Stadt, lassen uns bejubeln und ziehen dann in das Schloss ein."

Timor schüttelte den Kopf über so viele dumme Ideen. „Unmöglich. Die Leute werden gegen uns sein. Diese Tiere im Schloss werden uns nicht einlassen. Was ist sie doch für eine einfältige Gans!"

In ihrem Königinnenkleid stakste die Hexe auf Timor Tristus zu. Sie bohrte ihm den Finger in den Bauch und erklärte: „Die Leute aus Amarina haben erkannt, dass sie eine neue Königin brauchen. Und das bin ich."

Noch immer zweifelnd sah Timor sie an. „Meint diese Person das im Ernst?"

„Diese Person meint das bitterernst", äffte Nissana seine seltsame Art zu sprechen nach.

Die Bewohner des Schlosses hatten sich in der Halle versammelt.

Tazitus, der Pfau, schlug wichtig mit den langen Schwanzfedern auf den Marmorboden. „Seid wachsam. Die Blitze könnten auch das Schloss treffen."

Madame Amelie wollte die Prinzessinnen sofort in eine sichere Kammer im Keller bringen.

„Nein, wir müssen etwas unternehmen!“, erklärte Pina.

Das Schwein Bertram, mit Kochmütze und umgebundener weißer Schürze, trat vor sie. „Eine kleine Stärkung täte Euch sicher gut!“

Pina wurde wütend. „Hört auf! Wir wollen nichts essen. Unten im Tal brauchen die Menschen unsere Hilfe.“

Bruno hob die weißen, haarigen Eisbärentatzen. „Wir können nichts machen. Vor mir würden alle nur fortlaufen.“

Die Zwillingsschwestern standen mit hängenden Schultern da und schauten unglücklich.

Das Klappern von Hufen kam näher.

Mit unsicheren Schritten wackelte ein Esel eine Wendeltreppe herunter. Schief hing eine große Brille in seinem grauen Gesicht. „I-aaaa!“, machte er, erleichtert, die Halle erreicht zu haben.

„Guten Tag, Franziskus“, begrüßten ihn die Mädchen niedergeschlagen. Früher war Franziskus der Lehrer im Schloss gewesen. Wohl fühlte er sich nur in seiner Studierstube mit den vielen Büchern, die sich in der höchsten Kammer des Schlossturmes befand.

„I-aaaa, seid gegrüßt, edle Prinzessinnen!“ Der Esel

taumelte noch ein wenig. „Diese Treppe. Diese entsetzliche Treppe!“

„Bitte Franziskus, Sie müssen uns helfen“, flehte Pina.

Der Esel stellte die Ohren auf.

„Die Menschen in der Stadt sind in großen Schwierigkeiten“, sagte Alina.

„Wir müssen beim Löschen helfen! Aber keiner lässt uns!“

Stella stampfte mit dem Huf. „Prinzessinnen helfen nicht beim Löschen. Ihr könntet euch verletzen. Das ist nichts für euch.“

„Wir dürfen die Bewohner von Amarina nicht im Stich lassen!“, riefen die Zwillinge wie aus einem Mund. Das passierte ganz oft, wenn sie einer Meinung waren.

Der Lehrer hatte ihnen sehr aufmerksam zugehört. Zu den anderen Schlossbewohnern sagte er: „Iaaah … Ich muss den kleinen Hoheiten Recht geben.“

Der Pfau schlug vor Schreck ein Rad. „Das könnt Ihr nicht. Ich, als der frühere Haushofmeister …“

Pina schnitt ihm energisch das Wort ab. „Schluss. Ihr alle werdet gebraucht. Wir müssen hinunter in die Stadt.“

Stella Stellaria murmelte: „Ihr habt ja Recht. Und ein kleiner Zauber würde sicher helfen.“

„Ist denn noch etwas von deiner Zauberkraft übrig?“, bestürmten die Mädchen sie.

Stella nickte zögernd. „Ja. Mithilfe der sieben Kristalle kann ich immer noch zaubern.“

„Dann erlöse uns von dem Fluch der Hexe und des Hexers!“, forderte Tazitus aufgeregt.

Stella schüttelte traurig den Kopf. „So stark ist der Zauber nicht. Nur derjenige, der den Fluch ausgesprochen hat, kann ihn wieder aufheben.“

Eine Zeit lang schwiegen alle betroffen.

Schließlich meldete sich Pina. „Dann lasst uns etwas gegen das Feuer tun!“

Stella schnaubte. Sie stellte sich neben die Zwillinge. „Steigt auf. Ich bringe euch hinunter.“

Das zehnte Kapitel

... in dem Pina und Alina
für ein kleines Wunder sorgen und
eine Knoblauchkutsche anrollt ...

Unten im Städtchen war die Hölle los. Die Luft war erfüllt von dem lauten Geschrei der Bewohner und dem Gestank des Feuers.

„Nur ein Wunder kann uns retten!“, jammerte die Bäckerin. Ihr Haus war bisher verschont geblieben. Aber wie lange noch?

Mit fliegenden Hufen kam Stella Stellaria auf den Hauptplatz gesprengt. Sie blieb stehen und wieherte laut.

Pina und Alina sahen sich in dem Durcheinander um. Was sollten sie tun? Wie konnten sie helfen?

Alina fiel ein, was sie in der Schule gelernt hatten. „Früher, als es bei uns noch keine Feuerwehr gab, haben die Leute Ketten gebildet. So konnten die Eimer schnell weitergegeben werden.“

Pina winkte mit beiden Armen und schrie in das Durcheinander: „Hört her! Hört uns zu! Wir, die Prinzessinnen von Amarina, wollen euch helfen, eure Häuser zu retten.“

Ein paar Leute blieben stehen, darunter auch der Schmied und der Bürgermeister.

„Die Prinzessinnen persönlich sind gekommen!“, staunte der Bürgermeister.

„Meine Schwester hat einen Vorschlag!“, rief Pina.

Alina musste schlucken. Ihr Hals war wie zugeschnürt. Sie räusperte sich.

Stella klopfte mit dem Huf. „Komm, du schaffst es. Sprich!“

„Bi…bildet zwei lange Reihen“, krächzte Alina. „Bis zum Gänseweiher. Die einen geben die leeren Eimer von einem zum anderen weiter. Im Weiher werden sie gefüllt und dann von der zweiten Reihe genauso zurückgereicht, bis zu den brennenden Häusern.“

„Klingt nicht übel“, polterte der Schmied. Er klatschte in die Hände. „Alle mir nach. Nehmt Aufstellung. Eine Reihe zu meiner Linken, eine zu meiner Rechten.“

Die Leute folgten seinem Kommando zögerlich.

„Schneller, schneller“, trieb der Bürgermeister sie an.

Endlich standen die beiden langen Menschenschlangen. Wie Alina es geplant hatte, wanderten die leeren Eimer auf einer Seite bis zu dem Teich. Dort wurden sie eingetaucht, gefüllt und auf der anderen Seite zurückgereicht.

Stella Stellaria wieherte. Zu den Zwillingen sagte sie: „Nehmt den durchsichtigen Kristall aus dem Säckchen.“

Alina hatte es in die Tasche ihrer Reithose gesteckt. Sie öffnete es und musste kurz suchen, bis sie den richtigen Kristall gefunden hatte.

„Halte ihn mir an die Stirn“, verlangte Stella. Als sie den Stein dort spürte, flüsterte sie ganz leise etwas. War das etwa ein Zauberspruch?

Pina riss die Augen auf. Die lange Kette der Helfer arbeitete plötzlich zehnmal so schnell. Die Eimer flogen durch die Luft. Immer mehr Wasser wurde auf die Flammen gegossen, die zischend erloschen.

Besorgt zeigte Alina ihrer Schwester den Kristall. Sein Inneres hatte sich verdunkelt.

„In ein paar Tagen wird er wieder klar sein“, versicherte Stella schnell.

Nach einer Weile kam ein erlösender Ruf des Bürgermeisters: „Feuer gelöscht!“

Weißer Rauch stieg aus den verbrannten Dächern. Einige waren eingestürzt und die Holzbalken waren verkohlt.

„Gleich morgen werden wir uns daranmachen, die Häuser zu reparieren!“, verkündete der Bürgermeister vor den Bewohnern der Stadt. Zu den Mädchen aber sagte er: „Was für schlaue Prinzessinnen wir doch haben. Sie leben hoch!“

„Hoch, hoch, hoch!“, stimmten die anderen ein.

„Eure Eltern können stolz auf euch sein!“, lobte Emilia, die Bäckerin. „Sobald sie zurück sind, müssen sie von Eurer Klugheit erfahren.“

„Wann kommen sie denn wieder?“, wollte Konstanza wissen.

Pina und Alina lächelten unsicher. „Ba…bald!“, stotterten sie. Dann verabschiedeten sie sich und ritten mit Stella Stellaria ins Schloss zurück.

Ruhe kehrte in dieser Nacht nicht ein. Die Bewohner des Städtchens hatten Angst, das Feuer könnte erneut ausbrechen. Sie blieben auf den Gassen und Plätzen, redeten, tranken und aßen.

Es war kurz vor Mitternacht, als lautes Gekrächze durch die Straßen schallte. Auf dem Hauptplatz tauchte eine schwarze Kutsche auf, gezogen von vier müden Geiern.

Neugierig kamen die Leute näher. Sie trugen Fackeln und Laternen, mit denen sie die Kutsche beleuchteten.

Konstanza murmelte: „Ich müsste mich schon sehr irren, wenn diese Kutsche nicht aussieht wie eine riesige Knoblauchknolle."

An den Seiten öffneten sich zwei schmale Türen. Heraus stiegen eine dürre Frau und ein dicker Mann, beide mit Kronen auf den Köpfen und in lange Fellmäntel gehüllt. Huldvoll winkten sie der Menge.

„Untertanen, begrüßt euren neuen König!", näselte der Mann. An seiner Nase hing ein gar nicht königlicher glänzender Tropfen.

„Niederknien!", befahl die Frau und deutete mit dem Finger auf den Boden. „Jubelt mir zu. Ich bin eure Königin!"

Die Leute sahen sich ratlos an. Wer waren diese seltsamen Gestalten und was wollten sie von ihnen? Emilia, die leicht zu beeindrucken und nicht so besonders schlau war, begann schon das Knie zu beugen. Konstanza hielt sie am Arm fest. „Nicht. So sieht doch keine echte Königin aus."

Antonio verschränkte die Finger seiner großen Hände und ließ die Knöchel knacken. Argwöhnisch musterte er die beiden Ankömmlinge.

„Ihr wolltet doch einen neuen König!", sagte der

Mann, der natürlich kein anderer als Timor Tristus war. Nissana hatte ihn gedrängt, sich einen grauen Bart und einen grauen Lockenkopf zu hexen, um von den Bewohnern des Städtchens nicht erkannt zu werden. Sie selbst hatte sich zur Tarnung eine lange blonde Mähne und eine große rosarote Brille zugelegt.

„Ihr müsst diese unnützen Gören aus dem Schloss werfen!", verlangte Nissana. „Wo kommen wir denn hin, wenn wir von Kindern regiert werden?" Sie schleuderte die hellen Locken über die Schulter und aus dem Gesicht. „Macht Platz für eure neue Königin. Ich verspreche allen Frauen der Stadt einen Tiegel Schönheitscreme."

Timor Tristus wollte nicht nachstehen. „Und ich, der neue König, verspreche allen Männern eine große Jagd." Er tat so, als hielte er ein Gewehr und machte: „Paff, paff, paff! Das wird ein Spaß."

Applaus heischend blickten die beiden in die erstaunten Gesichter der Leute. Niemand schien von ihren Angeboten begeistert zu sein.

Die blonde Nissana deutete zum Schloss. „Die dort oben haben euch im Stich gelassen. Eure schöne Stadt ist halb abgebrannt. Lasst euch das nicht gefallen."

„Genau!", pflichtete Timor ihr bei. „Das sind Verräter."

Jakob hatte, als das Feuer ausgebrochen war, als Erstes die Stadtchronik in einen versteckten Keller gebracht. Mit dem dicken Buch im Arm kehrte er gerade zum Rathaus zurück. Er war ein sehr aufmerksamer Schreiber, der sich jeden Eintrag merkte. Ganz besonders aber auch die Zeichnungen und Bilder. Die beiden Fremden neben der Kutsche kamen ihm irgendwie bekannt vor. Er setzte sich auf eine Stufe, legte sich die Chronik auf die Knie und blätterte. Bei einer Zeichnung von Nissana und Timor blieb er hängen. Er verglich die beiden auf der Seite mit der wichtigtuerischen Königin und dem aufgeblasenen König. Geschäftig eilte er zum Bürgermeister und machte ihn auf die Ähnlichkeit aufmerksam.

Die angebliche Königin lächelte zuckersüß, während der angebliche König neben den Schmied trat und ihm kumpelhaft auf den Rücken klopfte. „Na, wie wäre so eine kleine Jagd? Paff, paff, paff!"

Antonio blickte von oben auf den Mann herab, die Stirn in tiefe Falten gelegt.

Der Bürgermeister erkannte die Gefahr. Völlig überraschend rief er: „Nissana Nocturnia und Timor Tristus!"

Sofort drehten sich die beiden zu ihm um. Timor Tristus sagte sogar „Ja, was will Er?"

Nocturnia kreischte auf, weil er sie verraten hatte.

„Die Hexe und der Hexer aus der Burg!“ Ein wütendes Raunen ging durch die Leute. Sie wussten, wem sie die Feuerblitze zu verdanken hatten.

Nissana und Tristus wichen einen Schritt zurück. So weit entfernt von ihren Zauberutensilien waren die beiden nicht sehr mächtig.

Antonio packte den Hexer am Mantel aus Mäusefell und zog ihn in die Höhe. Timor ließ sich aus den Ärmeln rutschen, sodass der Schmied nur den Mantel in Händen hielt. Zappelnd flüchtete er in Richtung Kutsche. Nissana war schon eingestiegen.

„Zurück in die Burg“, schrie sie und riss an den Riemen, mit denen das Gefährt an den Geiern befestigt war. Die Vögel kreischten und erhoben sich.

Timor Tristus hatte erst einen Fuß in die Kutsche setzen können, als sie mit einem Ruck anfuhr. Er rutschte ab, bekam aber die Tür zu fassen, an der er sich wimmernd festklammerte. So in der Luft baumelnd musste er den ganzen Weg zur grauen Festung zurücklegen. Damit ihnen die Bewohner von Amarina bestimmt nicht nachkommen konnten, trieb Nissana die Geier lautstark an.

„Sie ist eine widerliche Person! Das werde ich ihr heimzahlen!“, zeterte Timor.

Nissana tat so, als zittere sie vor Angst. „Wie ich mich vor Ihnen fürchte!“

Mit ihren Gedanken war sie schon wieder bei den schwarzen Bohnenranken in ihrem Labor. Diesen Menschen würde sie es schon zeigen. Sobald der Himmel verfinstert war, würden sie nicht mehr so frech zu ihr sein. Den Feuerapfel wollte sie dazu verwenden, das schwarze Blätterdach unzerstörbar zu machen.

Voller Vorfreude strampelte sie mit den dünnen Beinen in der Luft. War es erst finster und waren ihre magischen Kräfte gewachsen, so konnte sie auch den Kristall im Schlossberg zertrümmern. Ihre Macht war dann grenzenlos.

Die neue Königin von Amarina würde Nissana Nocturnia heißen. Timor Tristus würde sie als Hofnarren behalten. Nissana warf den Kopf nach hinten und lachte voller Bosheit.

Das elfte Kapitel

... in dem ein Plan gut klingt, aber böse Folgen hat ...

Die Sanduhr im Schloss, die anzeigte, wie viel Zeit die Mädchen noch hatten, war erst halb abgelaufen. Trotzdem drängten die Zwillinge zum Aufbruch.

Mit den Flügeln schlagend kam ihnen Madame Amelie auf die Zugbrücke nachgelaufen. „Euer Kleidchen und die bunte Hose! Ihr wollt sie doch nicht schon wieder hier vergessen."

Nein, das wollten sie ganz bestimmt nicht.

Alina schnupperte an ihren Reitsachen. „Außerdem stinke ich nach Rauch."

„Ich auch", sagte Pina.

„Schlüpft schnell heraus, ich werde alles für euch waschen!", bot Madame Amelie an. Alina überlegte kurz. Sicher würde ihre Mutter viele Fragen stellen und sich vielleicht sogar Sorgen machen, wenn sie nach Feuer und Rauch rochen. Sie folgten der großen Pute in das Prinzessinnenzimmer, schlüpften in ihre Lieblingssachen und ließen die anderen Kleidungsstücke bei ihr.

Gleich vor dem Schloss holte Alina die Kristalle heraus. „Soll ich den trüben Kristall auch werfen?“, fragte sie Stella.

„Es müssen immer alle sieben sein!“, antwortete das Pony. „Immer. Sind es nur fünf oder sechs, so kann die Reise gefährlich werden.“

Alina zählte die Steine zur Sicherheit nach und wollte wissen, was sie damit meinte.

Darüber aber verriet Stella nichts.

Nachdem sie sicher war, den roten, den gelben, den grünen, den blauen, den orangefarbenen, den violetten und den klaren Kristall in den Händen zu halten, warf Alina sie in die Luft.

Die magische Reise begann sofort und brachte sie in einem Sternensturmwind zurück in die andere Welt, wo sie die Kristalle wieder in den alten Kaninchenbau legten. Während Stella die Schwestern durch den Wald und über die Wiese zurücktrug, lobte sie: „Ihr habt heute bewiesen, dass ihr wahre Prinzessinnen seid. Nicht feine Kleidchen oder Krönchen ma-

chen eine Prinzessin aus, sondern die Klugheit und die Sorge für die Menschen ihres Landes."

Die Zwillinge strahlten über das Kompliment.

„Ihr seid mir doch nicht böse, dass ich so lange gezögert habe, euch hinunter in die Stadt zu bringen. Ich wollte euch nur beschützen", entschuldigte sich Stella Stellaria.

Pina, die vorne saß, tätschelte ihr den Hals. „Wir sind zum Glück auch echte Dickkopf-Prinzessinnen", lachte sie.

Der Ponyhof kam schon in Sicht. Stella wurde langsamer. Die Zwillinge warfen einen Blick auf ihre Armbanduhren: Obwohl sie sich viel länger in Amarina aufgehalten hatten, war hier in dieser Welt nur eine Stunde vergangen.

„Pina, Mama wird bestimmt böse sein", befürchtete Alina.

Ihre Schwester hatte eine Idee. „Stella läuft alleine zurück. Wir kommen nach. Wir sagen, wir seien heruntergefallen."

Das Pony schnaubte und schnaufte protestierend. „Ich bin doch kein Wildpferd. Eure Mutter wird denken, ich habe euch abgeworfen."

„Aber nein!", versicherte Pina ihr. „Das klappt ganz sicher. Du musst mir glauben."

Alina hatte auch ihre Zweifel. „Ich weiß nicht ..."

Energisch sagte Pina: „Ich wollte unbedingt in die Stadt und beim Löschen helfen. Und es war völlig richtig. Ich habe auch jetzt wieder Recht.“ Sie stieg ab und zog ihre Schwester am Ärmel. Alina folgte ihr widerwillig. Pina versetzte Stella Stellaria einen Klaps auf das Hinterteil und rief: „Lauf, wir kommen nach. Mach schon.“

Zweifelnd drehte sich Stella zu ihr. Sie schüttelte den Kopf, dass ihre rotblonde Mähne flog.

Scherzhaft drohend hob Pina die Hand. „Jetzt aber flott, los!“

Sehr widerwillig setzte sich Stella Stellaria in Bewegung. Nach ein paar Schritten trabte sie endlich an.

Bekümmert sah ihr Alina nach. „Glaubst du wirklich, dass das eine gute Idee ist, Pina?“

Pina stemmte die Hände in die Seite. „Weißt du etwas Besseres?“

Nein, Alina fiel nichts ein. Sie ließen dem Pony einen ausreichenden Vorsprung, dann folgten sie ihm.

Vor dem Stall wurden die Zwillinge bereits erwartet. Herr Jonasson hielt Stella an der Mähne fest. Neben ihm stand eine Frau in einem langen, fleckigen Mantel. Sie hatte eine volle Tasche unter den Arm geklemmt und machte ein sehr ernstes Gesicht.

Frau Königsberg war auch da. Als sie Alina und Pina sah, lief sie zu ihnen.

„Kinder, seid ihr verletzt? Was ist geschehen?“

„Gar nichts. Wir sind nur heruntergefallen“, erklärte Pina.

Alina nickte bekräftigend und überließ das Reden lieber ihrer Schwester.

„Dieses Pony ist mir nicht geheuer“, tönte Herr Jonasson. Zu der Frau sagte er: „Untersuchen Sie es einmal gründlich. Vielleicht ist es krank, Frau Doktor.“

„Frau Doktor?“, wunderte sich Alina.

Die Frau lächelte freundlich. „Ich bin die Tierärztin. Das Pony hat euch also abgeworfen.“

„Nein!“, rief Alina.

„Wie? Ihr habt doch gerade gesagt, ihr seid heruntergefallen!“

„Aber es hat uns nicht abgeworfen, wir waren selbst schuld!“, versicherte Pina hastig.

Vera und ihre Mutter kamen vom Trainingsplatz, Domino am Halfter. Sie hatten die letzten Sätze aufgeschnappt.

„Meine Tochter und ich haben genau gesehen, wie wild sich dieses Pony gebärdet hat!“, berichtete Veras Mutter mit einem strengen Blick auf Stella. „Es ist eine Gefahr für den ganzen Ponyhof!“

Vera mischte sich auch sofort ein. „Es hat gebockt und ausgeschlagen.“

„Aber nur weil sein Stern gejuckt hat“, verteidigte

Pina Stella und erntete sofort einen bösen Blick von Alina.

„Stern gejuckt? Was meinst du?“ Die Tierärztin schüttelte ratlos den Kopf.

„Willst du sagen, der Fleck an seinem Auge juckt? Hat dir das euer Pony vielleicht gesagt?“ Vera verzog spöttisch das Gesicht.

Pina presste die Lippen zusammen. Sie war schon wieder zu voreilig gewesen.

Domino wurde in einem großen Bogen um Stella Stellaria geführt, als könnte sie ihn vielleicht beißen.

„Besser, ich sehe mir das Pony einmal gründlich an. Wenn Sie es bitte für mich festhalten, Herr Jonasson!“ Die Tierärztin öffnete die Tasche und holte allerhand Instrumente heraus.

„Aber Stella ist gesund. Ganz sicher!“, wandte Alina ein.

Frau Königsberg nahm die Mädchen an der Hand: „Wir fahren jetzt nach Hause.“ Zur Tierärztin sagte sie: „Bitte, rufen Sie mich an und geben Sie mir Bescheid, wie Ihr Befund lautet.“

„Wir … wir sind gar nicht heruntergefallen“, versuchte Pina, Stella zu Hilfe zu kommen. „Wir … wir waren nur sehr …“

Ihre Mutter musterte Pina prüfend, dann wandte sie sich Alina zu.

„Wieso habt ihr schon wieder etwas anderes an? Das sind eure Sachen von gestern. Wo sind die Reitsachen?“

Die Zwillinge schwiegen und blicken verlegen zu Boden.

„Mädchen, Mädchen!“, seufzte ihre Mutter.

Das zwölfte Kapitel

... in dem es um schlimme und gute Pläne geht und um die große Frage, wie schwierige Turniere gewonnen werden können ...

Pina und Alina hatten ihre Schlafanzüge an. Eigentlich hätten sie längst im Bett sein müssen. Dort aber hielten sie es nicht aus. Sie standen vor der geschlossenen Wohnzimmertür und lauschten. Herr und Frau Königsberg sprachen sehr ernst miteinander.

„Du meinst wirklich, das Pony ist wild geworden?“, fragte Herr Königsberg, der das offensichtlich nicht glauben konnte.

„Es hat mit den Hufen gegen die Stallwand geschlagen. Ich hatte Angst um Pina, als das Pony mit ihr durchgegangen ist. Alina ist den beiden nach. Bestimmt, um sie zurückzuholen.“ Frau Königsberg seufzte tief. „Was sollen wir nur machen, Henry?“

„Wie lautet der Befund der Tierärztin?“

„Sie kann nichts finden. Stella Stellaria ist kerngesund.“

„Das ist wenigstens etwas.“ Herr Königsberg ging, während er überlegte, im Zimmer auf und ab. „Unsere Mädchen hatten doch Reitverbot. Wieso hast du es ihnen trotzdem erlaubt, Diana?“

„Ich habe es nicht erlaubt, aber sie sind einfach losgeritten. Sie haben behauptet, das Pony brauche das. Angeblich hatte es Bauchschmerzen.“

Herr Königsberg klopfte auf die Trommel, die er in seiner Freizeit gerne schlug. „Ich kann mir nicht helfen, aber die Zwillinge verheimlichen uns etwas.“

Seine Frau stimmte zu. „Besonders rätselhaft ist, was sie mit ihren Kleidern machen.“ Auf einmal lachte sie auf. „Aber Henry, vielleicht ist alles ganz einfach zu erklären. Als kleines Mädchen habe ich auch immer Prinzessin gespielt. Im Wald gab es eine Rosenhecke. Das war mein ‚Schloss‘. Ich habe ständig heimlich Kleider von meiner Mutter dorthin mitgenommen und mich verkleidet.“

Pina und Alina hörten ihren Vater lachen. „Lustig, dass du das sagst. Ich habe manchmal König gespielt. In einem Baumhaus.“

Vor der Tür sahen Pina und Alina einander an.

Alina flüsterte. „Ein ganz kleines bisschen können

sie sich doch erinnern, dass sie einmal König und Königin waren."

„Der Hexenfluch muss einen winzigen Fehler gehabt haben", raunte Pina ihrer Schwester zu.

Die Zwillinge schöpften wieder Hoffnung. Vielleicht würde eines Tages die ganze Familie nach Amarina zurückkehren können.

„Die Mutter eines anderen Mädchens redet sehr abfällig über das Pony unserer Töchter!", erzählte Frau Königsberg im Wohnzimmer. „Sie hat mich heute spüren lassen, dass Pina und Alina auf Stella bei einem Turnier keine Chance haben zu gewinnen."

„Was meinst du, sollen wir tun, Diana?"

Nach einer kurzen Nachdenkpause sagte die Mutter: „Ich werde Stella die nächsten Tage beobachten. Pina und Alina wollen bestimmt beim Turnier mitmachen. Wenn Stella sich nicht mehr so wild aufführt, können die Zwillinge weiter auf ihr reiten. Sonst aber wäre es vielleicht klüger, wir verkaufen sie und die Mädchen bekommen ein ruhigeres, besseres Pony."

Erschrocken schlug Alina die Hände vor den Mund. Auch Pina schnappte nach Luft. Sie wollte sofort ins Wohnzimmer und protestieren. Alina hielt sie zurück.

„Nicht! Sonst wissen Papa und Mama, dass wir gelauscht haben."

Barfuß liefen sie nach oben in ihr Zimmer. Alina schlüpfte unter ihre Decke. Zur anderen Seite des Zimmers, wo Pinas Bett stand, zischte sie: „Alles deine Schuld. Dein dummer Plan. Du Sturkopf."

Pina kroch in Alinas Bett.

„Sei nicht böse. Bitte."

„Bin ich doch!" Wütend drehte sich ihre Zwillingsschwester zur Wand.

„Aber ... aber ich wollte das nicht."

„Hmmm." Alina brummte unzufrieden.

„Es tut mir leid", jammerte Pina.

„Das nützt auch nichts."

„Wir müssen Mama und Papa beweisen, dass Stella das beste Pony der Welt ist."

Alina drehte sich zu ihr. „Wie willst du das machen? Du kannst nicht sagen, dass du alles nur erfunden hast."

Nein, das konnte sie natürlich nicht.

„Wir müssen ab morgen für das Turnier trainieren. Wir müssen gewinnen."

Alina rollte sich auf den Rücken. „Aber wir müssen auch nach Amarina. Wenn wir noch einmal heimlich fortreiten, verkaufen unsere Eltern Stella bestimmt auf der Stelle."

Pina wusste, wie Recht ihre Schwester hatte. Natürlich durfte das niemals geschehen.

„Bist du noch sauer?“, erkundigte sich Pina leise.

„Nein!“ Alina konnte auf ihre Schwester nie lange böse sein. Nebeneinander schliefen die beiden ein.

Am nächsten Tag brachte Frau Königsberg die Zwillinge wieder auf den Ponyhof.

Auf dem Trainingsplatz trafen sie nicht nur Vera auf Domino, sondern auch noch zwei andere Mädchen: Sabrina, die die Angewohnheit hatte, über alles die Nase zu rümpfen, und Sandy auf ihrem Pony Flash. Der Name war englisch und bedeutete Blitz.

Herr Jonasson hatte einige Prüfungen aufgebaut, die auch beim Turnier auf die jungen Reiterinnen warteten. Er stand an der Umzäunung und sah den Mädchen beim Üben zu. Als Frau Königsberg mit Pina und Alina zu ihm trat, nickte er ihnen kurz zu.

„Tag!“

„Schönen Nachmittag“, wünschte Frau Königsberg.

Pinas Blick wanderte über den Trainingsplatz. Eine Aufgabe bestand darin, ein volles Glas von einer hohen Säule aufzunehmen und ein paar Meter weiter auf einer anderen abzustellen. Dabei durfte nichts verschüttet werden.

Alina beobachtete Sandy, die auf Flash unter einer gespannten Leine durchritt. Mit Wäscheklammern waren Tücher aufgehängt, die heruntergepflückt werden mussten.

Vera und Domino übten bei den Hindernissen. Eine kleine Hürde musste übersprungen werden. Eine andere Stange war so befestigt, dass Pony und Reiterin nur darunter durchkamen, wenn das Mädchen sich flach auf den Ponyrücken drückte und das Pony den Kopf einzog. Danach musste zwischen dicken Stangen ein Slalom bewältigt werden.

Herr Jonasson zupfte an seinem Walrossschnauzbart. „Na, werdet ihr heute auch einmal ein bisschen trainieren?“

Die Zwillinge nickten heftig. „Natürlich.“

Veras Mutter trat dazu. „Ich erlaube nicht, dass ihr mit eurem Pony auf den Trainingsplatz kommt, wenn Domino hier reitet. Euer Pony könnte ihn verletzen.“

„Das würde Stella niemals tun!“, riefen die Mädchen empört im Chor.

„Da wäre ich nicht so sicher!“, meinte Veras Mutter. Zu Herrn Jonasson sagte sie: „Sie achten doch darauf, nicht wahr?“

Der Besitzer des Ponyhofes brummte ein Ja und nickte.

Beleidigt verzogen sich Pina und Alina in den Stall. Stella Stellaria blickte ihnen schon sehnsüchtig entgegen.

„Hat dir die Tierärztin gestern wehgetan?“, erkundigte sich Alina besorgt.

„Nein, nein“, schnaubte Stella. „Die Untersuchung hat mehr gekitzelt.“

Pina entschuldigte sich auch bei ihr, weil sie so starrköpfig gewesen war. Liebevoll rieb Stella die Schnauze an Pinas Arm.

„Hast du Neuigkeiten aus Amarina?“, fragte Alina leise. Damit ihre Unterhaltung nicht auffiel, striegelten die Mädchen sehr sorgfältig Stellas Fell und kratzten die Hufe aus.

„Es scheint alles ruhig zu sein!“, sagte Stella leise. „Mein Stern juckt jedenfalls nicht.“

In der Schule hatte Alina heute nicht gut aufgepasst. Die ganze Zeit hatte sie kleine Sterne und Kristalle in ihr Heft gezeichnet. Ihr ging etwas durch den Kopf. Während sie Zöpfchen in Stellas Mähne flocht, flüsterte sie: „Stella Stellaria, kannst du nicht noch ein bisschen mehr zaubern?“

Das Pony blubberte mit den Lippen. „Wie meinst du das?“

„Nissana Nocturnia und Timor Tristus machen doch mit bei diesem Magischen Turnier!“

Stella nickte zustimmend und sah das Mädchen erwartungsvoll an.

„Aber du warst früher die Zauberin am Hof unserer Eltern und hast noch immer Zauberkraft." Alina nahm drei neue Haarsträhnen. „Vielleicht kannst du auch beim Magischen Turnier mitmachen."

Kurz war es still im Stall. Stella Stellaria überlegte. Traurig schüttelte sie den Kopf. „Was ich heute noch kann, ist bestimmt zu wenig. Meine letzten Zauberkräfte stecken in den sieben Kristallen. Aber ich darf niemals mehr als einen auf einmal verwenden. Und das reicht nicht."

„Wieso nur einen?", forschte Alina nach.

„Nehme ich mehr, so habe ich nicht genügend Kraft, euch von dieser Welt nach Amarina und wieder zurück zu bringen. Sie brauchen ziemlich viel Zeit, um sich zu erholen."

Alina verstand, was Stella meinte. „Und wenn in der Zwischenzeit die Sanduhr abläuft, müssten wir für immer in Amarina bleiben."

„So ist es, Hoheit."

Pina und Alina schluckten. Es war für sie beide eine schreckliche Vorstellung, ihre Eltern nie wieder zu sehen.

Stella Stellaria hob den Kopf und blinzelte nachdenklich in die Sonnenstrahlen, die durch das Stallfenster fielen. „Ich habe oft an den Feuerapfel denken müssen."

Pina, die mit den Hinterhufen beschäftigt gewesen

war, erhob sich und kam nach vorne. Sie wollte natürlich hören, was das Pony zu erzählen hatte.

„Wenn ich mich richtig erinnere, gibt der Feuerapfel Kraft, einen starken Bann zu brechen."

Pina wurde ganz aufgeregt. „Der Bann über das Schloss kann doch eigentlich nur von denen wieder aufgehoben werden, die ihn ausgesprochen haben. Also von Timor und Nissana."

„So ist es!" Stella nickte.

„Das werden sie doch niemals tun."

Wieder nickte Stella, dann sagte sie: „Aber die magische Kraft des Feuerapfels ist so groß, dass man den Fluch damit aufheben könnte. Auch ohne Tristus und Nissana."

„Wenn wir den Feuerapfel haben, können wir es selbst machen! Alle Tiere könnten wieder Menschen werden." Pina war von der Vorstellung begeistert.

Verlegen wiegte Stella den Kopf. „Aber wie soll ich das Magische Turnier gewinnen?"

Frau Königsberg betrat den Stall.

„Der Platz ist frei. Ihr könnt kommen und üben!"

„Schon bereit!", rief Alina. Schnell flüsterte sie Stella Stellaria ins Ohr: „Denk weiter nach. Vielleicht klappt es doch."

Das Pony wieherte und es klang wie „Versprochen!".

Das dreizehnte Kapitel

... in dem es vom Heulen bis zu stärkeren Beinen geht und um einen silbernen Brief, der eine überraschende Einladung bringt ...

Nach dem ersten Training war Alina zum Heulen. Pina hatte die Fäuste geballt und die Zähne zusammengebissen. Beim Turnier durften die Zwillinge nicht gemeinsam auf Stella reiten. Deshalb hatte zuerst Pina die Übungen versucht und danach Alina.

An der Einzäunung des Platzes hatten Vera, Sandy und Sabrina gestanden und ihnen zugesehen. Veras Mutter, Herr Jonasson und Frau Königsberg waren auch da gewesen.

Alina fühlte sich, als würde sie von den vielen Blicken gestochen werden. Pina saß steif und verkrampft auf Stellas Rücken. Ständig überlegte sie, ob sie nicht gerade einen Fehler machte. Aber auch Stella Stella-

ria lief nicht so leicht und federnd wie sonst. Eine Hummel, die durch die Luft geschaukelt kam und verwirrt um ihren Kopf brummte, machte Stella nervös. Um ihr zu entkommen, vollführte das Pony zwei wilde Sprünge. Pina fiel fast von ihrem Rücken.

Vera sagte so laut, dass die Zwillinge es hörten: „Meine Mutter würde mir nie ein so störrisches Pony kaufen. Ich habe gewusst, dass es nichts taugt."

Sabrina hatte die Nase gerümpft, als würde Stella stinken. „Die Zwillinge können einem leidtun."

Sandy meinte gönnerhaft: „Ach, die zwei sind froh, überhaupt ein Pony zu haben. Denen ist sogar dieses recht." Mit gesenkter Stimme, aber so, dass es alle mitbekamen, fuhr sie fort: „Seid froh, dass sie so schlecht reiten. Dann haben sie beim Turnier keine Chance."

Frau Königsberg hielt ihren Mädchen und Stella Stellaria die ganze Zeit die Daumen. Alina schaffte es, das volle Wasserglas aufzunehmen, weil Stella aber zu schnell war, verfehlte sie die zweite Säule und das Glas landete in der Wiese.

Pinas Versuch, die Tücher von der Leine zu pflücken, endete damit, dass sie und Stella sich in den Tüchern verwickelten. Wie zwei Mumien sahen sie aus. Die Mädchen am Zaun lachten laut. Selbst Veras Mutter konnte ein Kichern nicht unterdrücken.

Vor der Hürde bockte Stella. Entschuldigend raunte sie Alina zu: „Ich … ich kann heute nicht. Ich traue mich nicht.“

Der Slalom war für Stella besonders schwierig, weil sie ein großer und etwas rundlicher Shetie war. Sehr konzentriert setzte sie Huf vor Huf, musste sich für die engen Kurven aber stark verbiegen. Angestrengt ächzte und schnaubte sie.

Herr Jonasson brummte: „Weniger Futter, sage ich doch schon die ganze Zeit.“

Niedergeschlagen kamen die Mädchen mit Stella vom Platz. Ihre Mutter empfing sie mit einem aufmunternden Lächeln. „Für das erste Mal war das nicht schlecht.“

Pina und Alina glaubten ihr kein Wort. Hinter ihrem Rücken tuschelten die anderen Mädchen. Herr Jonasson und Veras Mutter machten mitleidige Gesichter.

Die arme Stella Stellaria war nass geschwitzt. Liebevoll trockneten die Zwillinge sie ab. Ihre Mutter stand an der Box und sagte tröstend: „Ein altes Sprichwort lautet: Es ist noch kein Meister vom Himmel gefallen.“

„Es sind nur noch wenige Tage bis zum Turnier“, jammerte Alina.

„Wenn ihr jeden Tag trainiert, werdet ihr bestimmt

besser und besser. Stella braucht auch Übung. Die anderen Mädchen und ihre Ponys sind euch ein wenig voraus. Aber ihr könnt aufholen!“ Frau Königsberg zog eine Karotte aus der Manteltasche und ließ Stella daran knabbern.

Alina musste an das Gespräch der Eltern am Vorabend denken.

„Aber … aber wenn wir beim Turnier nicht gut sind, was wird dann …?“, erkundigte sie sich. Vor der Antwort hatte sie große Angst.

„Dann …“, ihre Mutter überlegte. Sie setzte ein Lächeln auf, das den Mädchen Mut machen sollte. „Ach, es wird schon alles gut gehen. Ganz sicher!“

Konnten sie das glauben? Alina meinte, in der Stimme ihrer Mutter Vorsicht mitschwingen zu hören. Vertraute sie Stella nicht? Mochte sie das Pony nicht mehr, weil es ihr so wild erschienen war? Wahrscheinlich war das alles nur wegen dieser dummen Ausrede von gestern!

Pina und sie mussten beim Turnier erfolgreich sein. Am besten wäre es, sie kämen auf den ersten Platz. Dann würden die Eltern nie wieder an Stella zweifeln.

Flüsternd teilte Alina ihrer Schwester mit, was ihr durch den Kopf ging.

Pina brachte Stella einen Arm Heu. „Kannst du nicht zaubern, dass wir das Turnier gewinnen?“

Bedauernd schüttelte Stella den Kopf. „In dieser Welt kann ich die Kristalle nur verwenden, um euch nach Amarina zu bringen.“

Am Abend im Bett flüsterte Alina zu Pina hinüber: „Ich kann nicht einschlafen.“

„Ich auch nicht!“, kam es von Pina zurück.

„Stella muss unser Pony bleiben!“

„Aber wir sind noch so schlecht!“ Pina seufzte.

„Wenn wir viel üben, können wir es schaffen“, meinte Alina.

„Ich will aber lieber, dass schon jetzt alles klappt!“

Alina antwortete leise in die Dunkelheit. „Will ich auch. Aber so ist es leider nicht. Sie schlüpfte aus ihrem Bett und kroch zu Pina. „Ich bleibe heute Nacht bei dir.“

Ihre Schwester hatte nichts dagegen.

An den nächsten Tagen verbrachten die Zwillinge jeden Nachmittag auf dem Trainingsplatz. Am liebsten übten sie gleich nach der Schule, wenn die anderen Mädchen noch nicht da waren. Ohne Zuschauer klappten die Übungen immer besser.

Alina war besonders gut mit dem Wasserglas und den Tüchern auf der Leine. Pinas Spezialität war, mit Stella zu springen, Slalom zu laufen und unter dem Hindernis hindurchzuschlüpfen.

Doch noch immer klappten die Aufgaben nicht fehlerlos. Einmal stürmte Stella an der Säule mit dem Wasserglas so schnell vorbei, dass Alina das Glas mit der ausgestreckten Hand herunterschlug wie einen Tennisball. Bei einem anderen Versuch nahm Stella Anlauf, um die Hürde zu überspringen, bremste im letzten Augenblick aber wieder ab. Pina rutschte seitlich hinunter und hing hilflos an Stellas Flanke.

Nach einem besonders erfolgreichen Trainingstag bekamen die Zwillinge endlich die Erlaubnis auszureiten. Die Sonne schien mild, der Wind war angenehm warm und die Wege und Wiesen waren endlich wieder trocken. Der lange Regen hatte auch seine Vorteile: Die Bäume strahlten noch grüner und die Wiesen waren übersät von Margariten, Glockenblumen und Hahnenfuß.

Natürlich wollten die drei nach Amarina. Als Erstes holten sie die Kristalle aus dem Versteck im alten Kaninchenbau. Der Kristall, den Stella zum Zaubern verwendet hatte, war wieder klar geworden. Als die Zwillinge ihn ins Sonnenlicht hielten, schien er Funken zu sprühen.

Das Rauschen des Sturmes war so laut wie nie zuvor. Die Kristalle erzeugten ein Feuerwerk, das über Pina, Alina und Stella niederging.

Wohlbehalten erreichten sie das zauberhafte Königreich von Amarina. Auch dort war ein strahlend schöner Tag. Nur eine einzige kleine Wolke schwebte am Himmel.

Der erste Blick der Mädchen galt der Festung von Nissana und Timor. Bleigrau und leblos stand sie da. Keine Blitze, keine finsteren Wolken, kein Rumoren im Boden und keine schwarzen Bohnenranken.

„Sieht aus, als wären die beiden nicht mehr da!“, meinte Pina hoffnungsvoll.

„Freu dich nicht zu früh“, warnte Stella Stellaria.

Der Ritt zum Königsschloss war schnell und kurz. Das viele Training hatte die Muskeln des Ponys gestärkt. Alina fand, dass Stella sogar schlanker geworden war. Die Wächter hatten die Prinzessinnen schon von Weitem erspäht und die Zugbrücke heruntergelassen.

In der weißen Marmorhalle erwartete die Mädchen eine Überraschung. Tazitus, der verzauberte Haushofmeister, Madame Amelie, Bruno, der Diener, Bertram, der Koch, und sogar Franziskus standen um zwei duftende Statuen. Sie waren nur aus Blumen gemacht und stellten Pina und Alina dar.

Tazitus machte einen Kratzfuß und schwang geschäftig die langen Schwanzfedern. „Dieses Geschenk haben die Bewohner der Stadt für euch vor das Tor gestellt.“

Die Zwillinge gingen einmal rundherum und bestaunten die Kunstwerke.

Stolz berichtete Madame Amelie: „Wir haben den Bürgermeister sagen hören, dass fast alle Dächer wieder repariert sind. Es fehlt nur noch der Turm des Rathauses.“

Franziskus wackelte mit den Ohren. „Wenn ich auch etwas bemerken darf: Der Bürgermeister hat schriftlich um Rat gefragt, wie sie zukünftig das Wasser schneller in die Stadt bringen könnten. Ich habe ihm eine Rinne aus ausgehöhlten Baumstämmen vorgeschlagen. Dazu ein Eimerrad, das Wasser aus dem Fluss oder dem Weiher in die Rinne schaufelt.“

Alina kraulte ihm den Hals. „Das funktioniert sicher gut, das ist ein toller Ratschlag.“

Bruno holte eine silbern glänzende Rolle von einem Tisch. „Das haben wieder drei Käuze für dich gebracht, Stella.“

„Nimm es für mich, Pina!“, bat das Pony. Die Rolle war aus dem gleichen silbrigen Pergament wie der Brief, den Stella vor ein paar Tagen erhalten hatte. Auf Stellas Nicken hin öffnete Pina die Rolle und hielt sie dem Pony hin.

Stellas dunkle Augen wanderten über die geschwungene Handschrift. Sie las die Nachricht einmal, ein zweites Mal und beim dritten Mal halblaut:

„Einladung an Stella Stellaria, Hofmagierin, zur Teilnahme am Magischen Turnier um den Feuerapfel. Am Sonntag zur Mittagszeit wird Zeno Zerrzahn, der Größte Hexenmeister, Ihnen einen Besuch abstatten, um sich Ihre Vorführung der höchsten Magie anzusehen. Danach wird er entscheiden, wer dieses Jahr den Feuerapfel erhält. Halten Sie sich bereit.“ Stella schluckte. „Ganz klein steht da noch etwas unten.“ Sie ging mit dem Kopf näher, um nichts Falsches vorzulesen. „Ich hoffe auf einen guten Beitrag, da ich den Feuerapfel nicht zwei zankenden Zauberern geben möchte, die nicht weit von Ihnen leben. Punkt. Punkt. Punkt.“

„Nissana Nocturnia und Timor Tristus!“, rief Alina.

„Du musst mitmachen, Stella!“, bestürmte Pina das Pony.

Mutlos trippelte es auf und ab. „Das sagst du so leicht. Aber meine Zauberkräfte sind zu schwach.“

„Wir helfen dir!“, erklärten Alina und Pina wie aus einem Mund.

Das vierzehnte Kapitel

... in dem man sich fragt,
ob Blumen bis zum Himmel wachsen können
und wer die silbernen Briefe geschickt hat ...

Zur Verwunderung der Mädchen trabte Stella Stellaria nicht zu ihrer Stube im Turm, sondern über den Hof und durch einen schmalen, langen Durchgang und gab den Zwillingen ein Zeichen, sie sollten mitkommen. Mit der Schnauze stieß sie am Ende ein Gittertor auf.

Alinas Augen wurden groß.

Pina stieß einen langen, staunenden Pfiff aus.

Vor den Mädchen lag ein kleiner, verwilderter Garten. Er war an der hinteren Mauer des Schlosses auf einer Terrasse angelegt. Gras, Blumen und auch Disteln und Unkraut reichten den Zwillingen fast bis zum Bauch. Ein Baum war übersät mit rosafarbenen

Blüten, ein anderer erinnerte an eine zartgelbe Wolke. Süßer Duft erfüllte die Luft.

Stella Stellaria naschte von den Wiesenkräutern. Kauend erzählte sie: „Dieser Garten war der Lieblingsort der Königin, eurer Mutter. Sie hat hier auch Obst und Gemüse angepflanzt, das Bertram dann für sie zubereitete. Ihre Kirschen und Äpfel sind die besten, die wir jemals gegessen haben."

Das Pony trabte weiter und bahnte sich einen Weg durch die langen, dicht beieinander stehenden Gräser und Blumen. Es führte die Zwillinge zum Ende des Gartens, den eine hohe Hecke von Büschen mit harten, stacheligen Blättern umgab.

„Die Dornenbüsche hat eure Mutter gepflanzt, damit ihr hier niemals herumklettert."

„Wieso?", wollte Pina sofort wissen, die sich nicht gerne grundlos etwas verbieten ließ.

„Hinter der Hecke endet die Terrasse. Eine Felswand fällt steil hinab in den Abgrund. Wer hier abstürzt, der ist verloren. Es sei denn, er könnte zaubern oder fliegen."

Alina war nach rechts weitergegangen. Sie stand vor einem langen Beet, das an einen Farbkasten erinnerte. Auch hier blühten Margariten, Hahnenfuß und Glockenblumen, doch waren alle Blumen viel größer als in ihrer anderen Welt. Die Glockenblumen leuchteten rot wie Mohnblüten. Margariten gab es hier in blau, orange und gelb.

Stella trat neben sie. „Um das Blumenbeet haben wir uns immer gemeinsam gekümmert." Bei der Erinnerung daran schniefte Stella kurz. „Eure Mutter und euer Vater sind, bevor ihr zur Welt gekommen seid, gerne auf Reisen gegangen. Sie haben jedes Mal Pflanzen und Samen mitgebracht, die hier im Garten angesetzt wurden."

Alina hatte sich also offenbar daran erinnert, als sie den Leuten aus der Stadt als Grund für die Weltreise ihrer Eltern angab, dass sie neue Pflanzen suchten.

„Du hast dann gegossen und Unkraut gejätet!", vermutete sie.

„Ich bin doch nicht der Gärtner", protestierte Stella fast ein wenig beleidigt. „Ich habe warmen Regen gezaubert. Außerdem habe ich einen Zauber auf die Blumen gelegt, der sie viel schneller und größer hat wachsen lassen."

„Willst du nicht den Blumenzauber beim Magischen Turnier vorführen?", rief Pina.

„Ich habe auch daran gedacht", gestand das Pony. „Aber ihr wisst, meine Kräfte sind zu schwach."

Alina gab nicht auf: „Wenn du alle Kristalle verwendest, was könntest du dann zaubern?"

Da musste Stella Stellaria kurz nachdenken. Sie

schnupperte an den Margariten. „Diese Blumen hier könnte ich sicher bis zum Himmel wachsen lassen. Ich müsste nur die richtigen Sprüche heraussuchen.“

Die Zwillinge legten die Köpfe in den Nacken. Noch immer segelte die kleine Wolke hoch über ihnen.

„Können das alle Zauberer?“, fragte Alina.

„Oh nein!“ Stella wieherte. „Den Zauberspruch habe ich selbst erfunden.“ Sie kicherte. „Meine ersten Versuche sind ziemlich daneben gegangen. Ich habe einmal Blumen gezaubert, die grässlich gestunken haben. Ein anderes Mal sind die Blüten als Schmetterlinge fortgeflogen.“ Mit einem tiefen Seufzer ließ sie den Kopf wieder sinken. „Leider kann ich diesen großen Zauber nicht ausführen. Ihr kennt den Grund.“

Pina und Alina streichelten sie, um sie zu trösten.

„Bestimmt gibt es noch etwas anderes, was du zaubern kannst!“, schlug Pina vor. Sie wollte immer etwas tun und bloß nicht still sitzen.

Solange silberner Sand durch die Sanduhr in der Halle rieselte, blieben das Pony und die Mädchen in Amarina. In der Zauberstube schmökerten sie in den dicken Büchern. Sie lernten magische Zeichen und Formeln kennen und Kräuter, die giftig waren, oder solche, aus denen Tee gebraut werden konnte und die einen ganzen Tag gute Laune schenkten.

Ehe sie aufbrachen, brachte ihnen Madame Amelie noch aufgeregt die gewaschenen Reitsachen!

Sie verließen Amarina im warmen Schein der Abendsonne, doch in ihrer Welt war noch nicht einmal eine ganze Stunde vergangen. Stella trabte an, um die Zwillinge pünktlich zurückzubringen.

„Wer hat dir eigentlich diese silbernen Briefe geschickt?“, wollte Pina wissen.

„Ich habe einen Verdacht“, antwortete Stella. „Im Handbuch der Hexen, Hexer und Zauberer steht, dass das Magische Turnier jedes Jahr abgehalten werden muss.“ Sie trabte aus dem Wald und auf den Feldweg. „Zeno Zerrzahn, der Größte Hexenmeister, ist der Preisrichter. Er kann Tristus und Nocturnia nicht leiden. Tun kann er aber nichts gegen sie. Egal, ob sie Gutes oder Böses hexen.“

„Deshalb will er, dass du beim Magischen Turnier mitmachst und gewinnst“, kombinierte Alina.

Zum Weiterreden blieb keine Gelegenheit, weil sie den Ponyhof erreicht hatten. Friedlich schritt Stella Stellaria zum Stall, wo die Zwillinge abstiegen.

Frau Königsberg wartete bereits. „Zur vereinbarten Zeit und mit der Kleidung, in der ihr ausgeritten seid“, stellte sie zufrieden fest.

Pina und Alina streichelten ihr Pony liebevoll. „Stella ist die Beste. Bitte, glaub uns!“

Ihre Mutter lächelte, sagte aber nichts. Das beunruhigte die Zwillinge.

Herr Jonasson kam über den Hof. Die Mädchen führten Stella in den Stall. Draußen vor der Tür hörten sie Jonasson zu ihrer Mutter sagen: „Wenn Sie sich entscheiden, ein ordentliches Pony für Ihre Töchter zu kaufen, hätte ich da schon zwei. Sehen Sie sich die Fotos einmal an. Ihr Pony könnte ich weiterverkaufen an einen Rummelplatz. Dort geht es dann im Kreis immer am Halfter, damit kleine Kinder darauf ihren Spaß haben können."

Die Zwillinge drückten sich links und rechts an Stella. „Mach dir keine Sorgen", flüsterte Alina.

„Du bleibst für immer bei uns!", sagte Pina.

Das fünfzehnte Kapitel

... in dem ein Turnier gut beginnt,
dann aber eine höchst unerwartete
Ponyentführung stattfindet ...

Der große Tag war gekommen.

Alina war schon mit Bauchschmerzen aufgewacht.

Ungeduldig trommelte Pina an die Klotür. „Komm raus. Das ist nur die Aufregung. Wir müssen gleich losfahren."

Die Zwillinge hatten extra Taschengeld von ihrem Vater bekommen und davon bunte Schleifen gekauft. Wie die anderen Mädchen auch, schmückten sie Stella Stellaria für das Turnier.

Noch nie zuvor hatte Stella Stellaria so schön ausgesehen. Ihr helles Fell hatte vom Striegeln einen seidigen Glanz bekommen. Als Stella in die Sonne trat, leuchtete die Mähne auf, als wäre jedes Haar aus

Gold. Die Zwillinge hatten einige Strähnen mit rotem Samtband umwickelt, in andere hatten sie ein dünneres Band eingeflochten.

Stellas Flecken hatten noch nie so gestrahlt wie an diesem Tag. Ihr Schweif schwang wie ein langer, weicher Pinsel.

Der schokoladenbraune Stern um Stella Stellarias Auge war von Alina sorgfältig mit einem weichen Tuch geglättet worden.

Stolz zeigte Stella die roten Gamaschen an den Fesseln und die geölten und polierten Hufe. Mit hoch erhobenem Kopf ließ sie sich von Pina und Alina über den Hof zum Turnierplatz führen.

Dort herrschte bereits große Aufregung. Zum Turnier waren auch Reiterinnen von anderen Ponyhöfen mit ihren Ponys gekommen. Auf einer Koppel vor dem Platz führten sie alle ihre Tiere im Kreis, um sie aufzuwärmen.

Die Zuschauer hatten auf drei Tribünen Platz genommen, die um den Turnierplatz errichtet worden waren. Herr Jonasson trug seinen viel zu engen Sonntagsanzug und schwitzte. Er war einer der drei Preisrichter. Die anderen beiden waren ein sehr ernst blickender Mann mit einem dicken Schreibblock und eine blonde Frau, die ständig auf einem Klemmbrett Eintragungen machte.

Alina spürte, wie Stella zitterte. Beruhigend strich sie ihr über den Hals.

„Ich … ich kann das nicht“, wisperte Stella, gerade laut genug, dass ihre beiden Reiterinnen es hörten.

„Doch, du schaffst das. Ganz bestimmt. Du bist das beste Pony der Welt!“, versicherte ihr Alina.

Pina sah sich nach ihren Eltern um. Herr und Frau Königsberg saßen im Publikum. Herr Königsberg hielt seinen Fotoapparat und seine Videokamera gezückt. Als er Pinas Blick bemerkte, hielt er beide Daumen hoch und lächelte aufmunternd.

„Bist du aufgeregt?“, fragte Alina ihre Schwester.

„K…kein bisschen!“, stotterte Pina, grinste dann aber gleich verlegen. „Doch, schon.“

„Ich auch!“, gestand Alina kleinlaut.

Neben ihnen zuckte Stella Stellaria leicht zusammen: Der Stern um ihr Auge stach sie. Amarina rief, aber zuerst musste sie einen guten Eindruck beim Ponyturnier machen. Deshalb verriet sie Alina und Pina auch nichts.

Sabrina führte ihr Pony an den Zwillingen vorbei, unterwegs zum Start. Sie rümpfte die Nase über Stella und bemerkte spitz: „Kitschig finde ich das, was ihr da gemacht habt. Sie sieht aus wie ein Zirkuspferd.“

Die Schwestern taten, als hätten sie es nicht gehört.

Herr Jonasson hielt ein Mikrofon in der Hand.

Seine Stimme dröhnte krachend aus den Lautsprechern. „Bewertet werden die Zeit und die Ausführung der Übungen. Jeder Fehler gibt Punkteabzüge."

Eine Teilnehmerin nach der anderen ging ins Rennen. Sabrina begann gut, hatte aber Probleme beim Hindernis, unter dem sie hindurchreiten musste. Die Latte fiel hinter ihr herunter. Sandy legte den Parcours gut zurück, war jedoch ein wenig langsam. Vera hatte mehr Glück. Ihr Ritt schien fehlerlos und schnell.

Pina und Alina starteten hintereinander. Alina machte den Anfang. Aus dem Glas verschüttete sie nicht einen Tropfen. Bei den Tüchern entschlüpfte ihr eines, aber sie konnte es doch noch erwischen und von der Leine ziehen. Vor den Hindernissen scheute Stella ein wenig. Alina redete beruhigend auf sie ein.

Der Sprung klappte.

Der Slalom wurde von Stella so geschmeidig zurückgelegt wie nie zuvor.

Ohne anzustoßen kamen Pony und Reiterin unter der niedrigen Stange durch.

Als sie das Ziel erreichten, ernteten sie großen Applaus. Alina sah ihre Eltern stehen und begeistert in die Hände klatschen. Sie atmete erleichtert auf. Es war geschafft. Mama und Papa mussten jetzt überzeugt sein, dass Stella Stellaria das beste und bravste

Pony war, das sie finden konnten. Nie wieder würden sie davon sprechen, Stella zu verkaufen.

Vera und ihre Mutter machten versteinerte Gesichter. Sandy dagegen gratulierte Alina zu dem großartigen Ritt.

Die drei Preisrichter nickten einander zu. Sie wirkten beeindruckt. Köpfe wurden zusammengesteckt, Notizen gemacht. Was sie aufschrieben, verrieten sie aber nicht. Es warteten noch andere am Start. Als Nächste gleich Pina.

Stella Stellaria konnte sich über den Erfolg nicht richtig freuen. Ihr brauner Stern brannte wie Feuer. Sie musste sich sehr beherrschen, um den Kopf nicht hin und her zu werfen.

So schnell wie möglich wollte sie die zweite Runde hinter sich bringen. Danach mussten sie dringend zur Birkenlichtung. In Amarina ging etwas Schreckliches vor sich.

„Pina Königsberg, an den Start!“, krachte die Stimme von Herrn Jonasson aus dem Lautsprecher über den Platz. „Pina Königsberg, ebenfalls auf Stella Stellaria.“

Nach dem perfekten Durchgang ihrer Schwester fühlte sich Pina siegessicher. Sie drückte sanft in Stellas Flanken und das Pony ging los.

Erste Aufgabe: Wasserglas. Pina bekam es gut in

die Hand und stellte es sicher auf der zweiten Säule wieder ab.

Bei den Tüchern spürte sie ein Zittern durch Stellas Körper gehen.

„Ganz ruhig, wir schaffen das schon", sagte sie leise.

Doch Stella zitterte aus einem anderen Grund. Sie blinzelte verzweifelt mit dem linken Auge. Oh, dieses Stechen! Es war kaum noch auszuhalten.

Im Publikum sagte jemand: „Das kann eine neue Bestzeit werden."

Pina lenkte Stella auf die Hindernisse zu. Das Pony setzte zum Sprung an, als ein Schmerz, der sich schlimmer anfühlte als ein Hornissenstich, durch seinen Kopf ging. Stellas Wiehern war ein Aufschrei. Sie bäumte sich auf und schlug mit den Vorderhufen. Pina schlang die Arme um Stellas Hals, um nicht herunterzufallen.

„Stella, Stella, hör auf!", rief sie.

Das Pony aber tänzelte auf den Hinterbeinen, um dann wieder nach vorn zu kippen. Es tobte bockend weiter, den Kopf hin und her werfend, als könnte es auf diese Weise den Schmerz abschütteln.

„Stella, bleib stehen!", flehte Pina.

Zu stehen kamen die beiden neben dem Pult der Preisrichter. Die drei fuhren zuerst in die Höhe und versteckten sich dann unter dem Tisch. Im Galopp sprengte Stella Stellaria auf den Ausgang des Turnierplatzes zu. Schreiend stoben die Mädchen zur Seite. Sie zerrten ihre Ponys aus dem Weg, damit sie von Stella nicht verletzt werden konnten.

Alina hatte entsetzt die Hände vor das Gesicht geschlagen.

Jetzt war alles aus.

Aber wieso gebärdete sich Stella so?

Ohne neben Alina anzuhalten, stürmte Stella Stellaria über die Wiese Richtung Wald.

Alina verstand. Es ging um Amarina. Das Land war in Gefahr und sie mussten hin. Zu Fuß war sie nicht schell genug, um Stella einzuholen. Außerdem würden ihre Eltern ihr bestimmt nachkommen und sie womöglich zurückhalten. Das durfte nicht geschehen.

Das Pony, das ihr am nächsten stand, war Veras Domino. „Ich … ich bringe ihn gleich zurück!“, stammelte sie, schwang sich auf den Sattel und ritt Pina hinterher.

„Zurückkommen! Bring sofort meinen Domino zurück!“, schrie ihr Vera wütend nach. „Mama, sie stiehlt meinen Domino.“

Veras Mutter begann sofort laut zu schimpfen und sogar nach der Polizei zu rufen. Alina wäre zu gerne umgekehrt und hätte Domino zurückgebracht. Aber sie wusste, dass sie gebraucht wurde. Sie musste nach Amarina.

Auf der Birkenlichtung wurde sie schon von ihrer Schwester und Stella erwartet.

„Steig auf, Amarina ist in Not!“, rief Pina.

Alina band Domino an einem der weißen Birkenstämme fest. Das Pony schien über den kleinen Ausritt sehr erfreut und sah sich zufrieden um.

Kaum hatte sich Alina auf Stellas Rücken geschwungen, warf Pina auch schon die Kristalle in die Luft. Ein Schauer regenbogenfarbener Funken rieselte auf sie herab. Der Sturmwind hob sie hoch und setzte sie Sekunden später ab.

Das sechzehnte Kapitel

... in dem es zum Teufelsbaum geht und das Magische Turnier beginnt ...

„Bitte verzeiht mir, es tut mir so leid“, entschuldigte sich Stella Stellaria. „Sobald wir wieder in eure Welt zurückgekehrt sind, werde ich euch helfen, alles in Ordnung zu bringen.“

„Was kann in Amarina geschehen sein?“ Pina ließ ihren Blick vom weißen Schloss durch das Tal bis zur grauen Festung schweifen. Es schien alles in bester Ordnung. Ein sonniger Tag im Frühsommer, wie vorhin in ihrer anderen Welt.

Trotzdem musste etwas sehr Schlimmes vorgefallen sein.

„Wir fragen im Schloss“, schlug Stella vor. Im Galopp ging es den schmalen Pfad hinauf.

Franziskus erwartete sie bereits in der Halle. Seine Brille hing schief im grauen Eselsgesicht. Bevor er etwas richtig sagen konnte, krächzte er sein quietschendes „I-ah, I-ah, Iiii-aaaaaah!“.

„Die Käuze … sie sind wieder hier gewesen. Sie sind zu mir in die Turmstube gekommen!“ Er deutete mit der Schnauze nach oben. „Ich musste die ganze Treppe herunter.“

Stella wusste, welche Anstrengung das für den Esel bedeutete.

„Danke, Franziskus. Was haben sie diesmal gebracht?“ Stella klopfte ungeduldig mit dem Huf.

Der Esel wackelte mit den Ohren. „Sie haben eine eilige Nachricht für dich. Sie lassen dir ausrichten, Stella, dass du zum Teufelsbaum kommen sollst. Unbedingt. So schnell du nur kannst. Und du sollst die Zauberei mitbringen, mit der du beim Magischen Turnier antrittst.“

„Teufelsbaum?“, fragte Pina alarmiert. „Was ist das?“

Stella blieb ihr die Antwort schuldig. „Ich … ich kann nicht mitmachen.“

Alina überlegte angestrengt. „Es hat sicher mit Tristus und Nocturnia zu tun. Sie sollen doch nicht gewinnen. Bestimmt haben sie wieder einen Plan, der Amarina in der ewigen Dunkelheit lässt.“

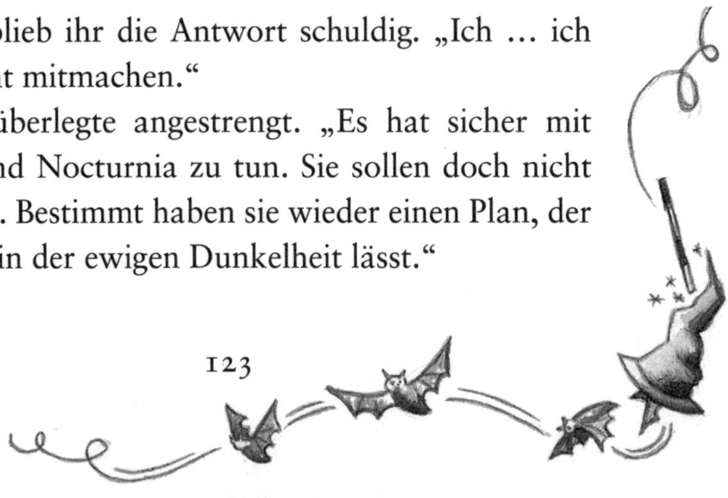

„Ihr zwei bleibt hier!“, entschied Stella Stellaria. „Ich reite zum Teufelsbaum und sehe nach.“

Pina und Alina riefen im Chor: „Wir kommen mit. Ganz klar.“ Da waren sie sich völlig einig.

„Es hat wohl keinen Sinn, es euch zu verbieten?“ Stella wusste, dass sie die Frage gar nicht hätte stellen brauchen. Die Zwillinge saßen schon wieder auf ihrem Rücken.

„Passt gut auf!“, rief ihnen Franziskus hinterher.

Den Berg hinunter bis zur Stadt preschte Stella im Galopp. An der großen Kreuzung nahm sie den Weg, der am Gänseweiher vorbei, zwischen den Feldern mit dem jungen Korn hindurch und auf die fernen Berge zuführte.

Kein Mensch war dort unterwegs. Auch kein Tier. Kein anderer Reiter, keine Kutsche, kein Bauer mit seinem Pflug. Es war eine verlassene Gegend mit vielen stacheligen Disteln.

Aus einer welken Wiese erhob sich ein zerklüfteter Fels. Auf seiner Spitze wuchs ein seltsamer Baum, der sich mit seinen Wurzeln am Stein festkrallte. Sein Stamm war dick und hatte drei große Löcher, die wie Augen und ein offenes Maul aussahen. Es gab nur zwei Äste, die links und rechts verdreht aus dem Stamm wuchsen.

„Wie Hörner“, murmelte Alina leise.

„Darum heißt er auch der Teufelsbaum“, sagte Stella.

Hier draußen war der Wind unangenehm kühl. Kein einziger Vogel zwitscherte.

Stella bewegte sich hinter einen Erdhügel, der von Brennnesseln umwuchert war. Von diesem Versteck aus spähten sie zum Teufelsbaum.

Lange mussten sie nicht warten.

Über den Bergen tauchte ein schwarzer Punkt auf, der schnell näher kam. Er entpuppte sich als fliegende Kutsche, die von einer gigantischen, müden Fledermaus gezogen wurde.

Und noch eine zweite Kutsche nahte. Es war der schwarze Riesenknoblauch, bei dem die Fenster mit dunklen Tüchern verhängt waren. Wie eine Ballongondel trugen die vier Geier sie an vier Riemen durch die Luft.

Links und rechts vom Teufelsbaum setzten die beiden Fluggefährte auf.

Die Fledermaus lag bäuchlings da und atmete schwer und erschöpft. Aus ihrer Kutsche erhob sich die stattliche Gestalt des Größten Hexenmeisters.

„Das ist Zeno Zerrzahn“, flüsterte Stella den Zwillingen zu.

Der Hexenmeister warf schnelle, suchende Blicke nach allen Seiten. Er seufzte enttäuscht.

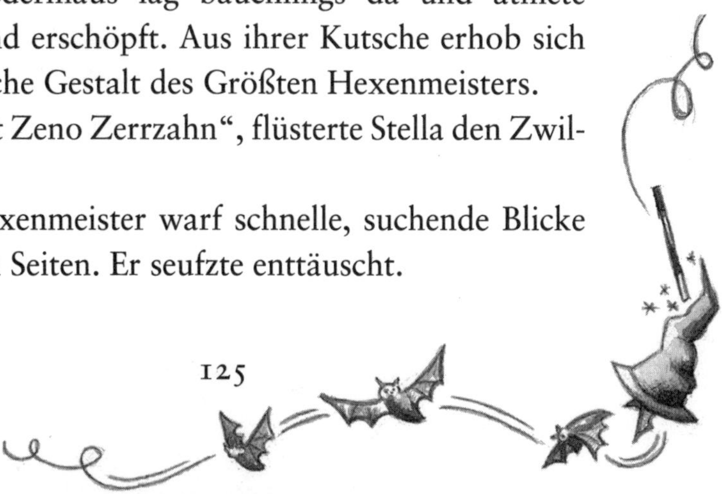

Alina ahnte, was der Grund dafür war. „Er wartet auf dich. Du musst zu ihm gehen.“

Davon aber wollte Stella Stellaria nichts wissen.

Aus dem schwarzen Knoblauch kam lautstarkes Gezänk.

„Sie steigen zuerst aus. Wenn das Zeug nicht hält, sollen Sie einen Sonnenbrand bekommen!“, keifte Nissana Nocturnia.

„Was erlaubt sie sich, die nichtsnutzige Natter? Will sie etwa behaupten, meine Schutzanzüge taugen nichts?“, tobte Timor Tristus voller Empörung. Gleich darauf stolperte er aus einer der beiden Türen.

Timor Tristus bot einen seltsamen Anblick: Von den Zehen bis zum fast kahlen Kopf war er von dickem, dunklen Stoff umgeben. An der Stelle der Augen saßen zwei dunkle Glasscheiben, vor dem Mund und der Nase ein dichtes, dunkles Gitter. In den Händen, die in klobigen Handschuhen steckten, hielt er einen Glaswürfel.

„Was ist?“, ertönte Nissana Nocturnias Stimme aus der Kutsche.

„Sie kann drinnen bleiben!“, schnauzte Tristus. Die Nase in die Luft gestreckt, stolzierte er auf den wartenden Hexenmeister zu. Im Gehen sagte er zu ihm: „Er kann mir den Feuerapfel schon geben. *Ich* bin der einzige Teilnehmer am Turnier.“

Mit einem gellenden Schrei sprang Nissana nun auch aus der Kutsche. Sie steckte in einem ähnlichen Gewand wie Tristus, das an ihr wie eine schwarze Rüstung aus Blechkanistern aussah. Darunter lugten ihre geliebten Stöckelschuhe hervor, auf die sie selbst in diesem Aufzug nicht verzichtet hatte.

„Halt! Nein! Hören Sie nicht auf diesen quallengiftigen Quatschkopf." Sie schwenkte ein Säckchen und eine Gießkanne. „Hier kommt die Siegerin."

Zeno Zerrzahn verschränkte die Arme und zog die Augenbrauen hoch.

„Die Regeln besagen, dass beim Magischen Turnier jede Art von Hexerei zugelassen ist." Der Hexenmeister strich sich über das kantige Kinn. „Aber müssen Ihre Hexereien unbedingt in diesem Land die Sonne verfinstern?"

Frech entgegnete Nissana: „Ist doch nicht verboten, oder?"

Widerwillig gab Zeno Zerrzahn zu, dass er die beiden nicht daran hindern konnte.

„Also, wozu dann dieses Herumgerede. Lassen Sie uns beginnen!" Nissana Nocturnia schüttelte das Säckchen, in dem etwas hölzern klimperte. „Ich mache den Anfang." Sie holte schwarze Bohnen heraus und streute sie auf dem Boden aus. Beschwörend bewegte sie die langen, spinnenbeinigen Finger darüber.

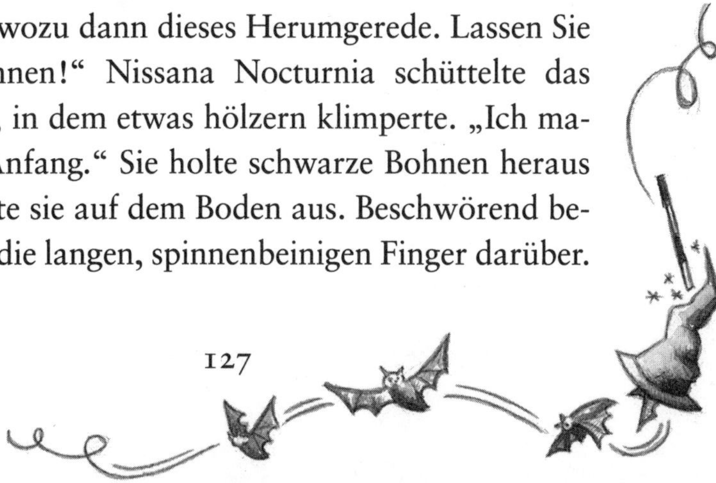

Timor Tristus gähnte herzhaft, als würde er vor lauter Langeweile gleich einschlafen.

Die Hexe ließ sich davon nicht beirren. Sie spuckte dreimal in die Gießkanne und begann dann die Bohnen zu begießen. Aus der Brause der Kanne tropfte eine graue, schleimige Flüssigkeit. Zähe Tropfen klatschten auf den Boden.

Immer wieder schaute Zeno Zerrhahn suchend um sich, als würde er dringend jemanden erwarten.

Bei Nissana tat sich nichts.

„Damit hat sie wieder bewiesen, dass sie eine Versagerin ist“, spottete Tristus. „Ach, wieso war ich einmal so dumm gewesen, mich einverstanden zu erklären, die Burg mit dieser Person zu teilen?“

„Weil Sie damals verknallt in mich waren. Mir müssen Sie Liebessand in die Augen gestreut haben, sonst wären Sie immer nur dünne Luft für mich geblieben. Es war der größte Fehler meines Lebens. Was waren Sie doch für ein schmieriger Schmatzküsser!“ Nissana schüttelte sich bei der Erinnerung an Timors Küsse.

Vor Wut schnappte der Hexer immer wieder nach Luft, brachte aber keinen Ton heraus. Sein Luftschnappen wurde gleich noch heftiger, als vor seinen Schuhspitzen ein schwarzer Keimling aus dem Boden schoss. Die Spitze überragte den Hexer sofort und bohrte sich dann schwankend und sich windend immer höher dem Himmel entgegen.

Es blieb aber nicht bei diesem einen Spross. In schneller Abfolge erschienen viele weitere. Als veranstalteten sie ein Wettrennen, wuchsen sie immer höher.

Nissana quiekte vor Freude und klatschte wie ein kleines Mädchen in die Hände.

„Sie soll aufhören!“, schimpfte Timor. „Sonst öffne ich ihren Anzug, damit die Sonne sie ein wenig brät.“

Obwohl er die Hand noch nicht ausgestreckt hatte, schlug Nissana schon danach.

Hinter dem Hügel beobachteten die Prinzessinnen und Stella, wie die Bohnenranken immer höher wucherten, sich dann in viele weitere Arme zerteilten und sich wie ein Schirm nach allen Seiten ausbreiteten. Sie verwoben und verhakten sich und bildeten ein gewaltiges Dach.

„Die schwarzen Keimlinge, die der Schmied alle zurück in den Boden geschlagen hat, waren von Nissana“, flüsterte Alina.

Pina deutete auf das Pflanzendach, das sich in alle vier Himmelsrichtungen ausbreitete. Kühler Schatten wanderte über die Erde.

„Das kann man nicht einmal mehr mit dem Schmiedehammer zerstören“, flüstere Alina.

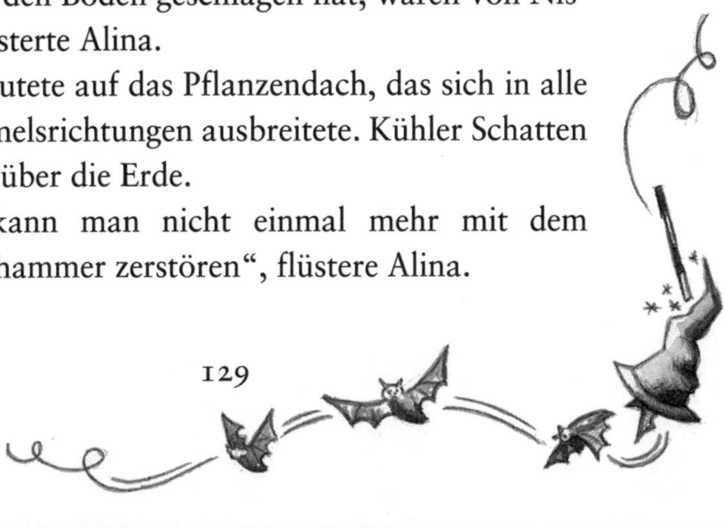

Zwischen den schwarzen Ranken jedoch waren zahlreiche kleine Löcher zu erkennen, durch die sich mutig die Sonnenstrahlen bohrten. Auf dem Boden tanzten viele helle Punkte.

Timor Tristus jaulte vor Freude. „Von wegen Sonne verfinstern. Was sie da macht, sieht aus wie ein Sonnenschirm, den die Motten zerfressen haben.“

Der Größte Hexenmeister strich sich mit dem Zeigefinger an der eingefallenen Backe auf und ab.

Nissana stampfte zornig mit dem Fuß auf.

„Ich habe auch schon viel mehr Bohnen verstreut, aber jemand hat sie zerstört. Und ohne meinen Dünger wachsen sie nicht so schnell und gut.“ Zum Größten Hexenmeister sagte sie: „Sie müssen mir das glauben. Ich bin die Beste. Der Feuerapfel gebührt mir!“

Zeno Zerrzahn schwieg. Widerwillig deutete er auf Tristus.

„Jetzt Sie!“

Alina und Pina stießen Stella abwechselnd in die Seite.

„Du musst auch etwas zaubern“, flüsterten sie ihr in die Ohren. „Wenn einer der beiden das Magische Turnier gewinnt, wird es am Ende wirklich für immer finster in Amarina.“

Stella Stellaria nickte langsam.

Das siebzehnte Kapitel

... in dem mit den Kröten am Teich gemeckert werden soll, jemand in Ruhe gelassen werden möchte und von einem Baum erzählt wird, dessen Früchte nach Schokolade schmecken ...

Timor Tristus öffnete den Glaskäfig. Unsanft schüttelte er den dicken Wurm heraus, der sich auf dem Boden kringelte. Der Wurm landete auf einem Fleck trockener Erde, kroch kurz herum und begann dann ein Loch zu fressen. Das rasselnde Nagen war bis in das Versteck von Stella und den Prinzessinnen zu hören.

Es dauerte nur drei Wimpernschläge, dann war der Wurm auch schon verschwunden. Aus dem Loch, das er hinterließ, tönte Schaben und Knirschen herauf.

Der Magier gab ein trockenes, siegessicheres Lachen von sich. „Warte Er nur auf seinen Pups, Größter Hexenmeister. Ein Vulkanausbruch ist ein kleiner Rülpser dagegen.“

Nissana Nocturnia wandte sich ebenfalls an den Größten Hexenmeister. „Ich verlange den Ausschluss von Tristus. Sein grässliches Gequassel von ‚Pups' und ‚Rülps' ist einfach nur widerlich, unappetitlich und ekelig. Ich bin sicher, es verstößt gegen die Regeln des Magischen Turniers."

Zeno Zerrzahn machte ein säuerliches Gesicht. „Leider gibt es keine Regeln dieser Art, auch wenn ich sie für überaus notwendig halten würde." Unruhig tippte er die Fingerspitzen aneinander. „Ich kann noch immer nicht verstehen, wieso in diesem Jahr nur Ihre beiden Anmeldungen zum Magischen Turnier eingegangen sind."

Timor Tristus und Nissana Nocturnia setzten lange, erstaunte Gesichter auf. Sie machten „Och!" und „Was?" und spielten die Überraschten und Ahnungslosen.

Der Größte Hexenmeister musterte sie prüfend. Er hatte den starken Verdacht, die beiden könnten etwas angestellt haben, das andere von der Teilnahme abgehalten hatte. Bisher hatte er aber keinen Beweis gefunden.

Besonders enttäuscht war er, dass die Magierin aus dem weißen Schloss seiner Einladung nicht gefolgt war. Sie war schon als Kind eine viel versprechende Zauberin gewesen und hätte jetzt sicher das Alter und die nötige Erfahrung, um das Magische Turnier zu gewinnen.

Unter dem Fels des Teufelsbaumes begann es zu rumoren und zu poltern. Der Boden vibrierte. Risse zogen sich durch die Erde.

„Wird schon fetter, mein Vulkanwurm!“ Zufrieden rieb sich Tristus die Hände. „Kann nicht mehr lange dauern. Ich rate allen zurückzutreten.“

Hexenmeister, Hexe und Hexer entfernten sich vom Wurmloch.

Immer lauter wurde das Rumpeln und Dröhnen in der Erde. Die trockenen Äste des Teufelsbaumes erzitterten. Schließlich begannen sie sich zu bewegen wie in einem starken Sturm. Die Wiese wurde erschüttert, als gäbe es ein starkes Erdbeben.

Alina und Pina drückten sich eng an Stella.

„Ich bringe euch fort!“, sagte das Pony leise.

Das aber wollten die Zwillinge auf gar keinen Fall.

In der Tiefe gab es einen gigantischen Knall. Selbst nach oben drang er noch als krachender Laut, der in den Ohren wehtat.

Der Fels samt Teufelsbaum wurde in die Luft geschleudert wie der Korken aus einer Flasche. Aus dem gezackten Loch, das entstand, schoss mit Getöse eine Fontäne aus Sand, Erde und Steinen. Als graubraune Säule erhob sie sich zum Himmel.

Timor Tristus tanzte wie ein kleiner Junge. Er johlte und jubelte und klatschte sich selbst Applaus. Durch den Lärm schrie er: „Ihr werdet gleich die Wolke sehen, die sich über das ganze Land ausbreitet. Durch *meine* Wolke kann kein Sonnenstrahl mehr dringen. Auf *meine* Vulkanwürmer ist mehr Verlass als auf die lächerlichen Bohnen dieser Person."

Die Fontäne erreichte das Dach aus Bohnenranken. Der feine Staub sauste weiter durch die Löcher, die Steine aber blieben darin hängen wie in einem Sieb. Sie verstopften die Öffnungen, worauf das nachkommende Material aufgehalten wurde. Als schmutziger Hagel fiel es wieder herab, auch auf Nissana, Timor und Zerrzahn.

Der Größte Hexenmeister verlor die Geduld. Er streckte die gespreizten Finger aus und machte einige wilde Armbewegungen. Kreuz und quer, hin und her, auf und ab und dreimal im Kreis.

Gleißendes Licht schoss aus seinen Händen. Es breitete sich wellenförmig nach allen Seiten aus, um noch greller zu werden, aufzublitzen und danach zu erlöschen.

Das Hexenwerk von Tristus und Nocturnia war verschwunden. Keine Bohnenranken mehr, kein Regen aus Erde und Steinen. Der Himmel war wieder strahlend blau, mit ein paar fedrigen Wölkchen.

Zeno Zerrzahn atmete schnaubend aus. Missmutig den Kopf schüttelnd, putzte er den Schmutz aus seinem langen grünen Mantel.

„Was hat Er da getan?“, regte sich Tristus auf.

„Das können Sie nicht machen!“, schimpfte Nissana.

„Das kann ich doch!“, erklärte der Hexenmeister. „Weil Ihre Zaubereien Sie und mich in Gefahr gebracht haben. Dieses ‚Dach‘ hätte über uns zusammenstürzen und uns begraben können.“

Timor deutete mit ausgestrecktem Zeigefinger auf Nissana. „Allein ihre Schuld. Weil sich diese Person vorgedrängt hat.“

Die Hexe machte eine verächtliche Geste. „Pah! Meckern Sie doch mit den Kröten am Teich, aber lassen sie mich in Ruhe.“ Von Zerrzahn wollte sie wissen: „Wer hat denn nun gewonnen? Es *muss* einen Sieger geben.“

Die Größte Hexenmeister wand sich, fieberhaft nach einer Ausrede suchend.

Da trabte Stella Stellaria los. Sie sprengte mit großen Sprüngen auf den Hügel und sah von oben auf die drei herab. „Ich möchte auch am Magischen Turnier teilnehmen!“

Zeno Zerrzahn atmete erleichtert auf.

Nissana aber fuchtelte mit den Händen. „Zu spät.

Verschwinde. Und überhaupt sind Pferde nicht erlaubt."

Tristus war ausnahmsweise ihrer Meinung. „Das Turnier ist vorbei. Von mir aus teile ich den Sieg mit dieser Person. Aber niemand kann mehr mitmachen. Schon gar nicht so eine Kuh ohne Hörner."

Da war der Größte Hexenmeister allerdings anderer Meinung. Er winkte Stella zu sich. Ohne dass Nissana und Tristus es sehen konnten, zwinkerte er ihr verschwörerisch zu.

Pina und Alina lagen oben auf dem Hügel und verfolgten von dort, was geschah.

Stella Stellaria schritt zum Größten Hexenmeister. Sie stellte sich vor und sagte in die Richtung von Timor und Nissana. „Ich bin ein Pony, war aber davor Magierin. Leider hat mich ein hinterhältiger Fluch getroffen, den ich bisher noch nicht brechen konnte."

Die Hexe und der Hexer zogen die Schultern hoch und machten einen Schritt zurück.

„Kriegt sie den Feuerapfel, kann sie sich von unserem Fluch befreien", zischte Nissana Timor zu.

„Alles allein ihre Schuld!", gab Timor zurück.

„Dann lassen Sie sich eben etwas einfallen!", giftete Nissana.

„Sie soll nachdenken, sie behauptet doch immer, jeden Tag eine Flasche reinster Klugheit zu trinken."

Zerrzahn wandte sich von den beiden ab und Stella zu. „Was möchtest du hier auf dem Magischen Turnier vorführen?“

Stella klopfte mit dem Vorderhuf. Sie tänzelte auf der Stelle, drehte sich zu dem umgestürzten Felsen und dem zersplitterten Teufelsbaum und sagte: „Ich kann aus diesem morschen Geäst einen blühenden Baum wachsen lassen.“

„Pah!“, machte Nissana. „Das kann jedes Hexlein nach der ersten Hexenstunde.“

„Der Baum wird Früchte tragen. Wer hineinbeißt, schmeckt, was er am liebsten essen möchte. Schokolade, Vanille, aber auch Kuchen und Torte“, fuhr Stella fort.

Tristus schüttelte den eckigen Kopf. „Lächerlich. Damit kann sie keine Laus zum Lächeln bringen.“

Der Größte Hexenmeister nickte Stella Stellaria aufmunternd zu. „Mich beeindruckt sehr, was du dir ausgedacht hast.“

„Aber es ist zu wenig, um zu gewinnen!“, warf sich Nissana dazwischen.

Stella stampfte mit dem Huf auf. „Meinen blühenden Baum mit den wunderbaren Früchten werde ich bis zu diesen Wölkchen wachsen lassen!“ Sie hob die Schnauze und deutete zum Himmel.

Sofort sagte Zerrzahn: „Das ist höher, als die

schwarzen Bohnen gewachsen sind, und auf jeden Fall höher als diese Schmutzfontäne. Schaffst du das, so ist dir der Feuerapfel sicher."

Nissana und Tristus bebten vor Zorn. Dann aber entspannte sich die Hexe und meinte abfällig: „Woher will dieses Vieh so viel Zauberkraft haben?"

Stella Stellaria zögerte kurz, wieherte dann aber in Richtung des Hügels. „Bringt mir die Kristalle!"

Pina stand auf, Alina folgte etwas zögernd ihrem Beispiel.

„Hast du sie?", wollte Pina von ihrer Schwester wissen.

Alina, die die Ordentlichere der beiden war, nickte. Sie bewahrte den Beutel mit den Kristallen in der Tasche ihrer Reithose auf.

Nebeneinander gingen sie den Hügel hinunter auf Stella zu.

Tristus schlug die Hände seitlich gegen seinen Kopf. „Die Prinzessinnen! Alles nur Schuld dieser Unglücksperson, dass die zwei überhaupt zurückkommen konnten."

Schon waren Nissana und er in den nächsten Streit verwickelt.

„Soll ich das wirklich tun?", fragte Stella die Zwillinge ein letztes Mal.

Beide nickten entschlossen.

Das achtzehnte Kapitel

... in dem manche jubeln, andere nicht,
große Freude herrscht, am Ende aber
das Allerschlimmste geschieht ...

Stella flüsterte Pina und Alina zu: „Für den Zauber brauche ich *alle* Kristalle!“

Alina beugte sich an Pinas Ohr. „Aber wie kommen wir in unsere Welt zurück?“

Pina zwinkerte ihr beruhigend zu. „Die Kristalle werden sich schnell erholen. Ganz sicher.“

Also zog Alina das Säckchen heraus, öffnete es und ließ die sieben Kristalle in Pinas offene Hände gleiten.

„An meine Stirn“, bat Stella. Weil Pina allein nicht so viele Kristalle halten konnte, half Alina ihr dabei.

Stella Stellaria schloss die Augen mit den langen Wimpern. Sie rief sich die Zaubersprüche ins Gedächtnis, die sie in den Büchern gefunden hatte. Mit

fester, feierlicher Stimme begann sie einen nach dem anderen zu sprechen. Die Worte schaukelten durch die Luft wie Schmetterlinge.

Um den Felsen und den zerbrochenen kahlen Baum setzte ein Flirren und Funkeln ein.

Alina beobachtete, wie der rote Kristall seine Farbe verlor, gleich darauf aber die tanzenden Lichtpunkte um den Felsen rot aufglühten. Das Gleiche geschah mit den anderen farbigen Kristallen. Wanderte die Farbe hinüber zum Baum, so spürten die Mädchen jedes Mal, wie der Kristall kälter wurde.

Als Letzter verlor der klare Kristall seine Zauberkraft und sein Inneres trübte sich.

Mit dem Teufelsbaum ging eine Verwandlung vor sich, die die Zwillinge staunend verfolgten.

Die vertrockneten Zweige bekamen neue Kraft, wurden wieder saftig und biegsam. Blätter sprossen. Weiße Knospen tauchten dazwischen auf und erblühten. Manche Blüten blieben, andere reiften zu verlockenden Früchten, die aussahen wie eine Mischung aus Apfel, Orange und Banane.

Mit seiner neuen Kraft begann der Baum schließlich zu wachsen. Er sprengte den Felsen und grub seine Wurzeln tief in die Erde. Der Stamm strebte den Wolken entgegen. In kleinen und großen Abständen streckten sich Äste zur Seite, die sich in dünne Zweige teilten, Blätter bekamen, erblühten und Früchte trugen.

Die Magier und die Zwillinge mussten die Köpfe immer weiter in den Nacken legen, um zur Spitze des Baumes hinaufsehen zu können.

Pina hielt beide Daumen. Alina spielte nervös mit ihren kleinen Zöpfchen und drehte sie zu Antennen.

Zwischen Baumwipfel und Wolke klaffte noch ein großer Abstand.

„Nie, nie, nie, niemals schafft sie das!“, murmelte Nissana immer wieder vor sich hin.

Tristus schniefte in einem fort, denn seine Nase wollte einfach nicht aufhören zu laufen.

Zeno Zerrzahn aber lächelte immer breiter. Unbemerkt von Hexer und Hexe hatte er die Daumen zwischen Zeige- und Mittelfinger gesteckt. Seine Art, Daumen zu halten.

Wind fegte von den Bergen herab. Er traf auf den Riesenbaum und brachte ihn zum Schwanken.

Alina und Pina atmeten erschrocken ein.

Nissana schöpfte Hoffnung. „Ja, ja, ja, blase stärker!“, zischte sie.

Die Böe schwebte davon, der Baum richtete sich wieder auf und setzte sein Wachsen Richtung Himmel fort.

Mittlerweile schien es nicht mehr weit bis zu den

Wolken zu sein. Eine zarte kleine, die an eine schleichende Katze erinnerte, näherte sich dem Wipfel.

Es war wie ein Wunder. Pina und Alina stießen einen Freudenschrei aus. Tristus und Nocturnia kreischten wütend. Der Größte Hexenmeister atmete erleichtert auf.

Die Katzenwolke hatte den Baum erreicht. Sie schwebte direkt in das Blattwerk. Der oberste Wipfel aber war bereits höher.

Stella Stellaria hatte sich selbst übertroffen.

„Du hast es geschafft!“ Die Zwillinge bestürmten das Pony, klopften ihm auf den Hals und die Schulter, rieben ihre Gesichter an Stellas Wangen und waren überglücklich.

„Pina schau!“ Alina zeigte ihrer Schwester, was von den Kristallen geblieben war. Alle sieben waren farblos und innen grau. Sie lagen in ihren Händen wie Eisstücke.

Zeno Zerrzahn trat vor Stella Stellaria.

„Als der Größte Hexenmeister und Preisrichter im Magischen Turnier erkläre ich dich zur Turniersiegerin!“

Nissana japste nach Luft und schwankte. Timor heulte wie ein Hund. Geschlagen schleppten sie sich zur Knoblauchkutsche.

Die Hand des Hexenmeisters griff in die Luft und

hielt danach den Feuerapfel in den Fingern. Er reichte ihn Stella.

„Ich weiß, dass du seine Kraft weise verwenden wirst. Er kann den stärksten Bann brechen oder aber einem Zauber die hundertfache Kraft geben."

Gemeinsam nahmen die Zwillinge den Feuerapfel für Stella Stellaria entgegen. Auch wenn er aus Flammen zu bestehen schien, fühlte er sich nur warm, aber nicht heiß an.

Stella bedankte sich mit einer tiefen Verneigung, die ihr die Prinzessinnen nachmachten.

Zeno Zerrzahn wünschte ihnen alles Gute und bestieg wieder sein Gefährt. Die Riesenfledermaus gähnte und schüttelte sich ausgiebig, um danach mit kräftigen Flügelschlägen zu starten.

„Habt ihr die Kristalle?", fragte Stella die Zwillinge.

Alina nickte. Das Säckchen war schon wieder in ihrer Hosentasche.

„Dann steigt auf. Wir kehren ins Schloss zurück."

Stella Stellaria trabte glücklich dahin, den Kopf stolz erhoben.

Aus der Ferne sahen die Zwillinge die Kutsche mit den Magiern in die dunkle Festung zurückkehren. Pina konnte sich nicht zurückhalten und schnitt ihnen eine Grimasse. Alina machte es ihr gerne nach. Sie

streckten die Zungen heraus und zeigten den Hexen eine lange Nase.

Pina fiel das Reitturnier wieder ein. „Alina, wir müssen zurück. Alle denken, Stella sei wild geworden."

„Wie sollen wir ihnen erklären, wo wir mit ihr hingeritten sind?", sagte Alina, den Tränen nahe.

„Sobald die Kristalle wieder ihre Farben haben und klar sind, muss Stella uns in unsere Welt bringen."

„Und dann?"

Was sie dann machen sollten, wusste Pina auch noch nicht. Angestrengt überlegte sie. Keine der Ideen, die sie hatte, erschien ihr gut genug. Sie hoffte sehr, dass in ihrer Welt nur wenig Zeit vergangen war, wenn sie sich endlich wieder auf der Birkenlichtung befanden.

Beim Betreten des Schlosses trug Pina Tazitus, dem Haushofmeister, auf, die Bewohner in den Hof zu rufen. Nachdem sich alle dort versammelt hatten, wollten die Mädchen die Neuigkeit verkünden.

Gespannt blickten sie die verzauberten Tiere an.

Pina begann zu erzählen. Sie berichtete von den schrecklichen magischen Vorführungen von Nissana und Tristus.

„Um ein Haar wäre es ihnen geglückt, die Sonne für immer aus Amarina auszuschließen. Wir haben schon den kalten Schatten und die Finsternis gespürt."

Ein entsetztes Raunen ging durch die Menge. Einige blickten sofort zum Himmel und alle waren erleichtert, dass ihnen dieses schreckliche Schicksal erspart geblieben war.

Alina holte tief Luft und deutete auf Stella: „Zum Glück haben wir eine so gute Hofmagierin. Sie hat schließlich auch an dem Turnier teilgenommen und gewonnen."

Die Tiere begannen zu jubeln, zu flattern, zu trampeln und zu pfeifen.

Als Höhepunkt präsentierte Pina den Feuerapfel. Stella Stellaria selbst verkündete, welche große Möglichkeit er bot.

Tazitus schlug vor Freude ein Rad. „Ist der Bann gebrochen, so haben wir alle wieder unsere menschliche Gestalt."

Der Eisbär Bruno wischte sich den Schweiß von der Nase. „Ich kann es kaum erwarten."

Laut redeten alle durcheinander und schwärmten davon, wie großartig es sein würde, wieder als Menschen zu leben.

Stella wieherte laut, um sich Gehör zu verschaffen. „Ihr müsst vor allem unseren Prinzessinnen danken. Ohne ihre Unterstützung hätte ich das nie geschafft."

Abermals gab es großen Jubel und viele Bravorufe.

Pina verneigte sich wie auf einer Bühne. Alina lächelte verlegen.

Timmi, der kleine Terrier und Wächter, kam laut bellend angerannt. Er sprang zwischen Stella, den Prinzessinnen und den anderen Tieren herum.

„Her-hören! Her-hören!", kläffte er aufgebracht. Er blieb stehen und hechelte. „Ich ... ich muss euch etwas Fürchterliches sagen. Hört her, hört her!"

Es dauerte, bis er die Aufmerksamkeit der Tiere auf sich gezogen hatte. Noch immer aber wollte er nicht verraten, was geschehen war. Besorgt blickte er zu Pina und Alina.

„Sag endlich!", drängten die zwei.

„Lieber nicht. Besser, ich sage es nur Stella", winselte Timmi.

Madame Amelie war sofort besorgt. „Ist etwas geschehen? Es klingt nach etwas Schlimmem. Lass uns nicht im Ungewissen."

„Ja, sag schon. Wir halten alles aus!" Pina und Alina konnten sich nicht vorstellen, was den Wächter so aufregte.

„Die Sanduhr in der Halle ..."

Stella zuckte zusammen. Sie wusste sofort, was Timmi mitteilen wollte und brachte den Satz für ihn zu Ende: „... ist abgelaufen."

Die Schlossbewohner sogen alle gleichzeitig die Luft ein. Danach legte sich erschrockene Stille über den Hof.

Die Schwestern brauchten ein paar Sekunden, bis ihnen klar wurde, was das bedeutete.

„Wir können nie wieder zu Mama und Papa zurück“, flüsterte Alina.

„Wir sind hier gefangen“, sagte Pina und schluckte, weil sie schon Tränen in den Augen spürte.

Unglücklich über sich selbst warf Stella Stellaria den Kopf hin und her. „Ich hätte es wissen müssen! Das war immer die Gefahr! Niemals hätte ich die Kristalle beim Turnier verwenden dürfen.“

Franziskus verneinte heftig. „I-aaah. Hättest du es nicht getan, wäre unser Land verloren gewesen.“

Pina und Alina waren wie versteinert. Sie hatten das Gefühl, als hätte sich ihre Welt für immer verdunkelt.

Das neunzehnte Kapitel

... in dem eine schwere Entscheidung getroffen wird und Stella Stellaria verkauft werden soll ...

„Eure Lieblingsspeise wird euch trösten“, sagte Bertram, der als Erster seine Sprache wiedergefunden hatte. „Wie heißt sie noch? Ni-Paz? Oder Zippa?“

Pina schniefte. „Pizza“, sagte sie leise. Bertram hatte schon einmal versucht, Pizza für sie zu machen. Ausgesehen hatte sie wie eine Kugel aus Teig, in die er Tomaten, Käse und Salami gesteckt hatte.

Alina fasste nach der Hand ihrer Schwester. Sie waren jetzt allein. Ganz allein. Nie wieder würden sie ihre Eltern sehen.

Madame Amelie kam auf sie zugeeilt und legte die Flügel um die Mädchen. „Meine Goldschätzchen, ich bin bei euch. Ich werde immer für euch da sein.“

Die Zwillinge nickten stumm.

Bruno zupfte an seinem weißen Fell. „Kann jetzt endlich jemand machen, dass ich diesen Wintermantel loswerde? Ich halte es kaum noch aus."

„Er hat Recht. Stella, brich den Fluch mit diesem Feuerapfel", stimmte Tazitus zu. Er warf sich in Pose und schlug ein Rad.

Pina und Alina umarmten und drückten sich. Beide konnten die Tränen nicht mehr zurückhalten.

„Nicht, aufhören!", rief Madame Amelie.

Bertram verstand die Aufregung nicht ganz. „Ihr habt doch uns. Wir sind eure Diener und immer für euch da."

Stella trat vor die anderen. „Erinnert euch zurück, als ihr jung wart. Wie wäre es gewesen, wenn ihr viel zu früh für immer von euren Eltern getrennt worden wäret?" Sie redete leise, aber sehr eindringlich.

Der kleine Timmi jaulte auf. „Entsetzlich", hechelte er. „Es wäre entsetzlich gewesen."

Selbst Bruno nickte zustimmend. Auch Bertram grunzte bei der Vorstellung.

„So, nun wisst ihr, wie es unseren Prinzessinnen geht", sagte Stella.

Die große Pute drängte sich zu Stella. „Aber wie trösten wir die kleinen Schätzchen? Was sollen wir tun? Du weißt es! Sag es uns."

Franziskus wackelte mit den großen Ohren. „Iiii-ah ... Es gibt nur eins, was wir tun können."

Das Pony und er sahen einander an. Beide dachten dasselbe.

„Würde es klappen, I-aaah?", wollte Franziskus von Stella wissen.

Sie nickte einmal langsam.

Der Esel blickte nach links, dann nach rechts. „Es gibt überhaupt nichts zu überlegen."

„Wovon redet er?", fragte Bruno verständnislos.

„Der Feuerapfel", begann Stella. „Er würde meinem Zauber die Kraft geben, mich gemeinsam mit den Prinzessinnen in ihre Welt zurückzubringen, die Kristalle könnten sich erholen und wir könnten dann wiederkommen. Die Sanduhr in der Halle würde erneut zu rinnen beginnen. Es wäre alles, wie es bisher war." Sehr leise fügte sie hinzu. „Alles."

Nacheinander verstanden die Tiere.

Enttäuscht ließ Bruno die weißen Schultern sinken.

Bertram grunzte traurig.

Die Hundewächter winselten.

„Wir alle würden Tiere bleiben", sprach Stella aus, was die anderen schon vermutet hatten. „Allerdings", hob sie an, „nur so lange, bis es gelingt, die Hexe und den Hexer dazu zu bringen, ihren Fluch selbst wieder aufzuheben."

Mutlos brummte Bruno. „Das wird ganz sicher nie geschehen."

Stella sah zu den Prinzessinnen, die sich die Tränen aus den Augen wischten.

„Denkt daran, was Pina und Alina in den vergangenen Tagen hier in Amarina alles zum Guten gebracht haben. Ich bin überzeugt, sie werden uns auch irgendwann erlösen können. Im Augenblick aber ist es wichtig, dass sie ihre Eltern haben."

Wieder wurde es sehr still.

Tazitus klopfte mit den Schwanzfedern auf den Steinboden.

„Ich spreche für alle …", begann er und sah in die Runde. Ein Tier nach dem anderen nickte ihm zu. „… wenn ich sage, dass es genau so geschehen soll, wie du es vorschlägst, Stella Stellaria."

Die Zwillinge begannen zu strahlen.

„Ihr … ihr schenkt uns die Kraft des Feuerapfels?"

Der gesamte Hofstaat nickte nun.

„Danke, wir sind so …", begann Alina.

„… glücklich, froh, erleichtert, selig, einfach alles!", setzte Pina fort.

„Wir werden euch niemals im Stich lassen!", versprach Alina.

„Wir werden euch befreien!", versicherte Pina.

Wieder öffnete Tazitus wichtig den Schnabel und

sagte mit seiner etwas schrillen Stimme: „Ich rede als Haushofmeister für alle, wenn ich sage, dass wir unseren Prinzessinnen vertrauen und von Stolz auf sie erfüllt sind!"

Die Tiere begannen jedes auf seine Art Beifall zu spenden.

Stella schubste die Mädchen. „Dann steigt auf. Wir dürfen keine Zeit mehr verlieren."

Auf dem Rücken des Ponys sitzend, winkten die Zwillinge ihren Freunden zu.

„Wir kommen bald wieder, versprochen!"

Stella hieß Pina den Feuerapfel, so hoch sie nur konnte, in die Luft zu werfen. Sobald Pina es getan hatte, rief Stella einen magischen Spruch. Die Worte hallten von den Schlosswänden wieder, wurden lauter und lauter, steigerten sich zu einem dröhnenden Chor. Der Apfel übergoss das Pony und seine Reiterinnen mit goldenem Licht. Es hüllte sie ein und alle drei hatten das Gefühl, fortgerissen zu werden.

Die Beschwörung verklang. Die Blase aus Licht öffnete sich und dafür hörten die Zwillinge wieder das Gezwitscher der Vögel.

„Zurück zum Ponyhof", rief Stella.

„Warte!", hielt Alina sie zurück. „Domino muss hier sein. Ich bin auf ihm zur Birkenlichtung geritten. Wir müssen ihn zurückbringen."

„Du wirst ihn vergeblich suchen“, sagte Stella Stellaria verschmitzt. „Vertrau mir.“

Im gestreckten Galopp trug sie die Schwestern zum Ponyhof zurück.

Auf dem Turnierplatz schien der Wettkampf fortgeführt zu werden, als wäre nichts geschehen. Die Zwillinge bekamen noch den verebbenden Applaus mit. Publikum und Reiter redeten durcheinander. Es musste sich etwas ereignet haben, das alle sehr erregte.

„Guter Ritt!“

„Ausgezeichnete Zeit!“

„Ein ungewöhnliches Pony.“

„Hätte ich ihm nicht zugetraut.“

Wer war gerade geritten?

Stella mischte sich zwischen die Leute und die Ponys.

Es knackte in den Lautsprechern, die an langen Stangen um den Platz aufgestellt waren. Herr Jonasson verkündete mit viel Gekrächze: „Pina Königsberg, bitte an den Start! Pina Königsberg und Stella Stellaria.“

Alina sprang von Stellas Rücken.

Pina zog erschrocken an der Ponymähne.

„Was heißt das?“

Stella drehte den Kopf und raunte: „Ich habe ge-

zaubert, dass wir in dem Moment zurückkehren, in dem wir zwei an den Start gegangen sind."

Alina entdeckte Vera mit ihrem Domino. Sie sah auch ihre Eltern, die strahlten und sich freuten. Neben ihr tauchte Sandy auf. „Habt ihr heimlich trainiert? Wieso seid ihr so gut?", fragte sie.

Stella setzte sich von allein in Bewegung und trug Pina an den Start. Dort aber übernahm Pina die Führung. Der Turnierritt begann.

Am Abend gab es Pizza. Es war richtige Pizza mit dünnem Teigboden, würziger Tomatensoße, geschmolzenem Käse und Champignonköpfen, in denen als Segel Salamistücke steckten. Der Duft schwebte aus der Küche der Königsbergs und ließ Pina und Alina das Wasser im Mund zusammenlaufen.

Herr Königsberg kam mit zwei Tellern ins Esszimmer und stellte sie vor seine Töchter. Danach brachte er die Pizzas für seine Frau und sich. Bevor er sich zu Tisch setzte, nahm er schnell die Kochschürze ab und schob sie unter das Sofa.

„Lasst es euch schmecken!", sagte er. Er säbelte ein Stück von seiner Pizza, kostete und war sichtlich mit sich zufrieden.

Hungrig machten sich auch die Zwillinge über das Essen her.

„Es ist so schön, bei euch zu sein!“, sagte Pina mit vollen Backen.

Ihre Mutter betrachtete stolz die beiden Pokale, die mitten auf dem Esstisch aufgebaut waren. Pina hatte einen ersten Platz gemacht, weil sie die schnellste Zeit geritten war. Alina hatte ebenfalls einen ersten Platz gemacht, weil sie die Prüfungen völlig fehlerfrei erledigt hatte. Gesamtsiegerin des Ponyturniers war ein Mädchen von einem anderen Ponyhof geworden, das insgesamt die höchste Punktezahl erreicht hatte.

Aber das machte den Zwillingen gar nichts aus. Ihre Freude über die Preise war riesig.

Die Zwillinge blickten ihre Mutter erwartungsvoll an. Sie musste endlich etwas sagen. Die Drohung, Stella zu verkaufen, hing noch immer in der Luft.

Frau Königsberg stocherte mit der Gabel in ihrer Pizza herum. „Ich muss euch etwas sagen.“

Schlimmes ahnend sahen die Zwillinge auf.

„Wir müssen überlegen, ob wir Stella nicht verkaufen sollen.“

„Nein!“, protestierten Pina und Alina gleichzeitig.

„Nach dem Turnier haben uns Leute angesprochen, die sie unbedingt haben wollen. Auch Veras Mutter ist zu mir gekommen. Sie bieten uns so viel Geld für Stella, dass wir jeder von euch ein eigenes Pony kaufen könnten.“

Herr Königsberg nickte. „So ist es. Ihr müsstet dann nicht mehr zu zweit auf ihr sitzen. Wäre das nicht wunderbar?“

„Nein, nein, nein!“ Die Mädchen sprangen auf. Alina lief zu ihrer Mutter, Pina zu ihrem Vater. „Das dürft ihr nicht machen.“

„Stella Stellaria ist das beste Pony der Welt, das musst du zugeben!“, versicherte Pina.

„Sie ist so lieb und so brav!“, lobte Alina.

„Es ist toll, dass ihr uns Stella zum Geburtstag geschenkt habt!“

„Und wir wollen immer nur auf ihr reiten.“

Im Chor verkündeten die beiden: „Auf keinem anderen Pony der ganzen Welt.“

„Was machen wir nun?“, fragte Frau Königsberg.

Pina kam ein entsetzlicher Verdacht. „Ihr habt sie doch nicht schon ver…?“

Ihr Vater schüttelte beruhigend den Kopf. „Aber nein. Das würden wir niemals tun, ohne vorher mit euch darüber zu sprechen.“

„Wir hatten unsere Zweifel wegen Stella“, gab Frau Königsberg zu.

„Aber die sind restlos beseitigt!“, versicherte ihr Mann.

„Stella Stellaria bleibt also unser Pony. Für immer?“, fragte Pina nach.

„Ja!“, bestätigten ihre Eltern.

Jetzt erst schmeckte den beiden Mädchen die Pizza wirklich.

„Papa wie heißt deine Pizza eigentlich?“, wollte Pina wissen. „Jede Pizza hat einen Namen.“

„Völlig richtig“, erwiderte Herr Königsberg. Er aß weiter und überlegte. Schließlich verkündete er: „Ich nenne sie ‚Pizza Amarina‘.“

Die Köpfe der Zwillinge sausten in die Höhe.

Ihre Mutter runzelte die Stirn. „Wie kommst du denn auf diesen Namen?“

Der Vater zuckte mit den Schultern. „Ich weiß nicht. Er ist mir einfach so eingefallen. Klingt doch nicht schlecht. Pizza Amarina.“

„Klingt sehr gut!“, stimmten Alina und Pina zu. Lange sahen sie einander über den Tisch hinweg an.

Irgendwo tief drinnen hatten ihre Eltern doch noch eine Erinnerung an das Königreich, aus dem sie verjagt worden waren.

Ob sie irgendwann einmal gemeinsam – alle vier – zurückkehren würden?

Bis dahin würden Pina und Alina in Amarina nach dem Rechten sehen. Sie schafften das schon.

Gemeinsam mit Stella Stellaria, ihrem zauberhaften Pony.

Thomas Brezina wurde 1963 in Wien geboren und lebt in Wien und London. Er schreibt bevorzugt für Kinder und seit Kurzem auch für Jugendliche. Seine Geschichten faszinieren und begeistern Jungen und Mädchen von Brasilien bis China. Sein prägnanter, klarer, präziser Stil zieht seine Leserinnen und Leser unmittelbar in seine Geschichten hinein und lässt sie nicht mehr los. Sein Grundsatz lautet: „Lesen soll Abenteuer sein.“ Thomas Brezina ist auch UNICEF-Botschafter und setzt sich aktiv für die Rechte der Kinder in aller Welt ein.